천재 셰프 회귀하다 4

2024년 3월 13일 초판 1쇄 인쇄
2024년 3월 18일 초판 1쇄 발행

지은이 신사
발행인 김관영

기획 박경무 강민구 임동관 조익현
책임편집 천기덕
마케팅지원 유형일 장민정

발행처 (주)로크미디어
출판등록 2003년 3월 24일
주소 서울시 마포구 마포대로 45 일진빌딩 6층
Tel (02)3273-5135 Fax (02)3273-5134
홈페이지 rokmedia.com E-mail rokmedia@empas.com

ⓒ 신사, 2024

값 9,000원

ISBN 979-11-408-2148-8 (4권)
ISBN 979-11-408-2144-0 04810 (세트)

신사 현대 판타지 장편소설

천재셰프 회귀하다

4

Contents

헤드 셰프 김도진

"수 셰프! 명호 형!"

서수림은 급히 일어나 주방으로 향하는 김명호를 애타게 불렀다.

하지만 그런 서수림의 목소리가 들리지 않는지 김명호는 홀린 듯 발길을 옮길 뿐이었다.

결국은 자리에서 일어나 그를 따라나선 서수림은 주방 입구에서 멍하니 서 있는 김명호를 찾아냈다.

'저 형이 왜 저래, 진짜.'

도대체 김명호가 이리도 넋을 놓고 보고 있는 것은 무엇인가.

서수림은 이해할 수 없는 그의 행동에 얼굴을 찌푸렸지

만······.

　김명호의 시선 끝을 따라가자 보인 광경에 서수림은 이내 그와 똑같이 표정이 될 수밖에 없었다.

　"이게 무슨······."

　앞서 나온 요리들에 솔직히 놀라지 않았다면 거짓말이었다.

　모양새는 어떻게든 따라 할 수 있어도 맛까지 완벽하게 묘사해 낼 줄은 상상도 못 했기 때문이다.

　하지만 서수림은 그게 온전히 도진의 실력만은 아닐 것이라고 생각했다.

　도무지 혼자서 만든다고 생각하기에는 메뉴 나오는 속도가 빨랐기 때문이다.

　'이렇게 나오려면 혼자서는 무리니까 만만한 막내라도 데려가서 몰래 도와달라고 그랬겠지.'

　어쩌면 정상엽이 일찍부터 나온 것도 이미 도진과 말을 맞춰 놓았던 게 아닐까 하는 의심도 했다.

　그러나······.

　눈앞에 보인 것은 넓은 주방을 홀로 뛰어다니며 요리하는 도진의 모습이었다.

　그의 움직임에는 조금의 군더더기도 보이지 않았다.

　면을 삶을 물을 올린 뒤.

　한 번에 두 개의 화구를 켜 미리 준비해 놓은 프랩을 달궈진 팬에 붓고는, 양손을 이용해 달그락거리며 볶는 도진의 모습은 그의 경력에 비해 수상할 정도로 능숙했다.

주방에서 몇 년은 구른 듯한 그의 손놀림에 서수림은 저도 모르게 '와―.'라며 감탄사를 내뱉을 수밖에 없었다.

그러는 사이 도진은 각각의 팬에 블랙타이거 새우와 베이컨을 넣어 한 차례 더 볶은 뒤 소스를 부어 끓어오르길 기다리는 동안.

하나의 화구를 더 켰다.

면을 삶고 있는 화구를 포함하면 이미 총 세 개의 화구가 켜져 있는 것이었다.

'그런데 팬을 하나 더 올린다고?'

서수림은 그런 도진의 선택이 분명 요리를 망치고 마리라 생각했다.

앞선 요리들은 어찌어찌 잘 해냈을지 몰라도, 이 이상 화구를 늘린다는 건 분명 오버 쿡을 초래하고 팬을 태우기 딱 좋은 일이었다.

하지만 서수림이 예상했던 그런 일은 일어나지 않았다.

연달아 네 개의 화구를 동시에 사용해 요리하고 있는 도진의 움직임은 마치 로봇이 자신에게 입력된 조리 순서를 실행에 옮기듯 한 치의 망설임조차 없이 정확했다.

심지어는 여유로운 듯 콧노래를 흥얼거리는 도진의 모습에 서수림은 '허―.' 하며 탄식을 내뱉었다.

'이게, 가능한 일이라고?'

필드 경력이 전혀 없다는 것도, 열아홉 살이라는 것도 믿을 수 없었다.

눈으로 보고 있으면서도 꿈을 꾸는 듯한 광경에 서수림의 머릿속에서, 지난 며칠간 자신이 도진에게 저질렀던 행동들이 파노라마처럼 스쳐 지나갔다.

'내가 지금 무슨 짓을…….'

모든 것을 꿰뚫고 있는 듯 거침없이 움직이는 도진은 이미 이 주방의 주인과도 같았다.

김도진은, 헤드 셰프로서 이곳에 온 것이 확실했다.

그 사실을 깨달은 서수림은 순식간에 사색이 되었고, 더 이상 아무 말도, 아무 생각도 하지 못한 채 그 자리에 망부석처럼 서 있을 수밖에 없었다.

✕

"상엽 씨, 마지막입니다!"

"예! 셰프!"

도진은 마지막 디시를 정상엽에게 들려 보냈다.

양손에 접시를 들고 나가는 것을 보며 도진은 '드디어 끝났구나.' 싶은 마음에 안도의 한숨을 쉬었다.

전채 요리 세 개, 메인 요리 네 개, 식사 요리 다섯 개.

총 열두 개의 요리.

그 모든 것을 도진은 단 40분 만에 서비스했다.

혼자서.

"해냈다."

머릿속으로 몇 번이고 시뮬레이션을 돌렸지만 직접 하는 것은 또 달랐다.

무탈하게 서비스를 마무리했지만, 역시 아쉬운 마음이 드는 것은 어쩔 수 없었다.

진짜 손님에게 주문을 받고 메뉴를 내는 것이라 생각하고 요리했기 때문에 도진은 한 번에 들어온 주문을 동시에 마무리해서 내보내지 못한 것이 못내 마음에 걸렸다.

전채요리 세 개는 거의 동시에 내보냈지만, 메인과 식사 메뉴는 손이 더 많이 갔기 때문에 각각 두 개에서 세 개씩 내보내는 게 한계였다.

"손이 하나만 더 있었어도 가능했을 것 같은데."

하지만 어쩔 수 없었다.

도진이 이 도전을 하게 된 목적.

'능력을 보여 주는 것으로 헤드 셰프라는 것을 각인시키는 것.'

그것을 위해서는 혼자서 모든 걸 해내는 것이 더욱 극적인 효과를 낼 수 있었다.

그리고 그 효과는 실로 훌륭했다.

"뭐 합니까? 손님은 주방에 들어오면 안 되는 거 모릅니까?"

도진의 말에도 넋을 놓은 채 꿈쩍하지 않던 김명호의 표정은 아직도 머릿속에 선명하게 기억났다.

김명호를 찾으러 온 듯 그를 뒤따라 들어온 서수림의 표정 변화를 보는 것 또한 즐거웠다.

'그렇게 사색이 될 줄은 몰랐는데 말이지.'

이쯤이면 분명 충분히 이해했으리라.

이 아틀리에의 '주방'에서 지금 당장 가장 높은 위치에 있는 것은 '헤드 셰프'인 도진이라는 것을.

도진은 그들이 자신의 경고를 부디 잘 이해했길 바라며 주방 정리를 시작했다.

혼자 하다 보니 미처 정리까지는 마무리하지 못한 것이다.

사용했던 여러 팬의 설거지를 하고, 가스 주변에 튄 소스와 기름, 패스 위에 떨어져 있는 자잘한 플래이팅 재료들까지.

자신의 흔적들이 남아 있는 주방 곳곳의 정리가 마무리될 때쯤.

식사가 끝난 듯 주방 입구 근처에서 웅성거리는 소리가 들려왔고.

이내 빈 접시를 든 직원들이 우르르 몰려들었다. 도진은 그들이 들고 있는 접시를 바라보았다.

설거지라도 한 듯 깔끔한 모양새였다.

그 시선을 느낀 듯 머쓱한 표정을 지으며 도진과 눈을 마주치지 못하고 있는 직원들 사이를 헤집고, 김명호가 들어왔다.

그리고 도진의 앞에 선 그는, 도진과 눈을 마주치고는 곧장 허리를 숙였다.

"죄송합니다. 제가 모자란 탓에 셰프께 좋지 못한 꼴을 보였습니다."

도진은 김명호가 무언가 깨달았으리라 생각하기는 했지만, 수 셰프의 위치임에도 불구하고 이렇게 모두의 앞에서 공식적으로 사과하리라고는 예상하지 못했기 때문에 적잖이 당황했다.

하지만 그게 끝이 아니었다.

"죄송합니다, 셰프!"

김명호의 옆에 선 서수림은 머리가 곧 땅에 닿을 수도 있겠다는 생각이 들 정도로 허리를 숙이며 크게 사과의 말을 뱉었다.

수 셰프인 김명호의 갑작스러운 사과에 어찌할 줄 모르고 서 있던 다른 직원들도 서수림을 따라 연달아 허리를 숙이며 '죄송합니다.'를 외쳤다.

도진은 그들을 잠시 지켜보다 입을 열었다.

"다들 고개 드세요."

그 말에 조심스럽게 허리를 펴던 직원들은 알 수 없는 도진의 표정에 긴장한 듯 그가 말을 잇기만을 기다렸다.

정적이 흐르는 사이.

도진은 오롯이 자신을 향해 있는 아홉 쌍의 눈동자들을 둘러보았다.

비록 객원 셰프로서 일하게 된 곳이지만, 앞으로 몇 달간 자신과 합을 맞추게 될 이들이었다.

그들이 드디어 진정으로 도진을 보고 있었다.

"오늘의 디시가 마음에 드신 것 같아 다행입니다."

드디어 자신을 받아들일 준비가 끝난 듯한 그들을 향해, 도진이 다시 한번 더 인사를 건넸다.

"헤드 셰프, 김도진입니다. 앞으로 잘 부탁드립니다."

그 말을 하는 도진의 입가에는 미소가 걸려 있었다.

아틀리에가 첫 번째 시즌을 끝내고 잠시 휴식기를 가지기로 한 보름.

고생한 직원들의 3일간의 휴가 후.

두 번째 시즌을 준비하기 위해 주어진 시간은 단 12일뿐이었다.

2주가 채 되지 않는 시간 중 3일의 시간이 서로의 적응을 위해 사용됐다.

그 덕에 오늘을 포함하더라도 도진에게 주어진 시간은 총

9일밖에 남지 않은 셈이 되어 버렸다.

김명호가 도진을 바라보며 말했다.

"저, 셰프님. 다음 시즌의 준비 말입니다만……."

그는 숨을 크게 내쉬고는 초조한 듯한 표정을 한 채 말을 이었다.

"사실 준비할 수 있는 시간이 얼마 남지 않았다 보니, 처음부터 레시피 개발하기는 쉽지 않을 것 같습니다. 그래서 말인데, 지난 시즌 메뉴를 조금 어레인지해서 판매하는 건 어떨까요?"

그렇게 말하는 김명호는 이런 말을 꺼내는 것조차 조심스러운 듯 보였다.

셰프에게 다른 셰프의 레시피를 베껴서 판매하라고 말하다니.

아무리 같은 업장에서 판매하게 될 메뉴라고 하더라도 쉬이 해서는 안 될 말이었다.

그러나.

'아무래도…… 나를 생각해서 한 말이겠지.'

도진은 김명호의 말에 담긴 속뜻을 이해했다.

그들이 보는 도진은 실력이 뛰어나긴 하지만 아직 그 외에는 증명된 게 없는, 경력이 없고 나이가 어린 셰프인 것은 마찬가지였다.

그런 이가 고작 9일밖에 남지 않은 시간에.

아니, 정확히 말하자면 오픈 전 레시피를 익히기 위한 시간도 필요했으니 최소 5일 이내에 새로운 레시피를 열 개 이상 만들어 내는 것은 무리라고 생각했을 게 뻔했다.

하지만 도진에게는 그들이 알지 못하는 전생의 경력이 남아 있었다.

그동안 직접 경험하고 만들어 낸 레시피는 수도 없이 많았다.

자신은 있었다.

아무 대답도 하지 않는 도진의 모습에 김명호는 도진이 자기 말에 혹여 상처라도 받았을까 싶어 구구절절 설명을 이었다.

"아무래도 준비 기간이 촉박하다 보면 직접 요리하는 쿡(cook)들이 실수가 많아질 수도 있고⋯⋯."

"수 셰프."

도진이 그의 말을 끊고 입을 열었다.

"혹시, 아틀리에의 뜻을 알고 있나요?"

"네? 공방 뭐 그런 거 아닌가요?"

"틀린 건 아닙니다만⋯⋯. 저는 아틀리에를 예술가들의 집단이라고 받아들였습니다."

김명호는 갑작스러운 도진의 말을 이해할 수 없다는 듯 고개를 갸웃거렸다.

그에 도진이 말을 이었다.

천재 셰프
회귀하다

"저는 그 이름의 뜻에 맞게, 하나의 콘셉트를 잡고 그 콘셉트에 맞는 그림을 직접 그리고 싶습니다."

김명호의 말에 대한 완곡한 거절의 뜻이었다.

사실 도진의 머릿속에는 이미 스케치가 끝나 있었기에 할 수 있는 말이기도 했다.

하지만 그런 사실을 알지 못하는 김명호는 난감한 표정을 지었다.

"벌써 9일밖에 시간이 남지 않았습니다. 레시피가 그렇게 뚝딱 만들기만 하면 되는 것도 아니고, 원가 계산까지 하려면 시간이 정말…….""

"지난 며칠, 아틀리에를 둘러보며 이미 정해 둔 콘셉트가 있습니다. 레시피도 어느 정도 구상해 뒀고요."

"네?"

"저희 두 번째 기간이 3월부터 5월까지 운영되는 게 맞을까요?"

"네, 맞습니다. 그런데 그건 갑자기 왜……?"

도진의 뜬금없는 질문에 김명호가 어리둥절한 표정을 지었다.

'그러면 운영 기간도 딱 맞아떨어지는군.'

한 해의 네 계절 가운데 가장 첫 번째 계절.

봄은 추운 겨울 끝에 새싹이 돋아나고 꽃이 피는 계절로 3월부터 5월까지 지칭했다.

도진은 아틀리에를 보며 그렸던 그림이 머릿속에 더욱 선명해지는 것을 느끼며 말을 이었다.

"다음 시즌의 주제는 봄의 화원입니다."

봄은 새로운 시작을 하기 좋은 계절이었다.

⊠

　도진이 아틀리에 두 번째 시즌의 주제를 '봄의 화원'으로 택한 것은 다름 아닌 봄이 주는 계절감 때문이었다.

　봄은 새로운 생명이 탄생하는 계절이었다.

　겨우내 얼어붙었던 것들이, 따뜻한 햇볕 아래 녹아내리면서 새로운 생명의 싹을 틔우는 계절.

　새싹이 돋아나기 시작하면 머지않아 향기로운 꽃들이 피어나는 것은 물론 곳곳에 녹음이 드리우기 시작한다.

　그 광경은 이내 우리네 마음의 설렘도 함께 피어나게 했다.

　그것아 도진이 생각하는 '봄'이라는 계절이었다.

　도진은 다음 시즌이야말로 '아틀리에'에게 가장 중요한 시점이라는 것을 알고 있었다.

　'첫 객원 셰프가 처음으로 운영하게 될 시즌.'

　아직 '시즌제 비스트로'에 대한 확신도 할 수 없는 시점에서 '객원 셰프'까지 들이다니…….

모두가 도진이 운영하게 될 두 번째 시즌이 언제 망할 것인지 주목하고 있을 게 분명했다.

그렇기에 도진은 자신을 믿고 맡겨 준 최석현을 위해서, 그리고 자신의 앞날을 위해서 그 주목이 앞으로의 아틀리에에 대한 '기대'가 되고, '설렘'이 될 수 있도록 만들어야만 했다.

그렇기에 그 바람을 담아, 도진은 아틀리에의 '봄'을 그리기로 한 것이다.

이미 가게를 둘러본 그날부터 스케치를 시작했던 도진은 며칠간 집에서 홀로 여러 시도를 해 보았고…….

최종적으로 결정된 메뉴는 전 시즌과 동일하게 전채요리세 개와 메인 요리 네 개, 식사 메뉴 다섯 개.

그리고 지난 시즌과는 다르게 디저트 메뉴를 세 개 추가해서 총 열다섯 개의 메뉴를 구상해 낼 수 있었다.

앞으로 남은 시간 동안 도진과 김명호, 그리고 주방 식구들이 해야 하는 것은 이 스케치를 좀 더 구체화하고 생명을 불어넣는 작업이었다.

끓어오르는 물에 얇은 '스파게티니' 면을 넣고 삶는 동안, 기름을 두른 팬에 편을 썬 마늘과 페퍼론치노를 넣고 볶다가

참나물을 넣은 뒤.

참나물의 숨이 적당히 죽은 것을 확인한 도진이 면수를 한 국자 넣고 자작하게 끓었다.

향긋한 나물의 향과 더불어 마늘의 고소함, 페퍼론치노의 매콤함이 올라오며 면수가 끓어오를 때, 잘 익은 면을 넣고 빠르게 볶아 낸 도진은 조심스럽게 넓게 펴진 둥근 접시에 파스타를 담아냈다.

그 모든 과정은 군더더기 없이 깔끔했고 절도 있어 김명호 는 새삼스럽게 도진이 요리하는 모습에 감탄했다.

"여기에 식용 꽃을 올리는 건가요?"

"네, 그리고 연어알도."

도진은 김명호의 말에 대답하며 파스타 위로 식용 꽃잎을 하나씩 떼어 내 끼얹었다.

그리고 색색의 제비꽃 한두 개를 온전한 형태로 올려 모양 을 내고, 꽃 틈 사이로 연어알을 흩뿌린 뒤, 김명호의 앞으로 밀었다.

"완성입니다."

만개한 꽃들 사이로 투명하게 빛나는 연어알은 조명을 받 으니 더욱 반짝이는 듯했다.

김명호는 작게 감탄했다.

메뉴를 보자마자 도진이 왜 이것을 두 번째 시즌의 시그니 처로 꼽았는지 한눈에 알 수 있었기 때문이다.

플래이팅을 사진으로 기록한 김명호는 지체 없이 파스타의 맛을 보았고, 두 사람은 본격적으로 회의를 시작했다.

"셰프님, 어느 모로 보나 완벽한 요리입니다. 더 이상 손델 게 없네요. 모든 향과 맛이 잘 어우러져 입안을 즐겁게 해줍니다. 특히 이 톡톡 터지는 식감의 연어알이 포인트네요."

김명호는 솔직한 소감을 털어놓았다.

하지만.

"그런데, 아쉽지만 이 연어알은 못 쓸 것 같습니다."

한국말은 항상 끝까지 들어 보아야 할 일이었다.

만족스럽게 김명호의 말을 듣던 도진이 시무룩해진 채 물었다.

"냉동 연어알도 안 될까요?"

"네, 코스트 오버입니다. 연어알은 너무 비싸요. 그냥 날치알 쓰시죠."

"저 치즈도 뿌리고 싶었는데 참았습니다."

"잘 참으셨어요. 이것도 잘 참으셔서 날치알 쓰시죠."

"다른 건 몰라도 이건 양보하기 조금 힘든데요."

김명호의 단호한 말에 더 단호하게 대답한 도진은 결연한 표정을 하고 있었다.

김명호와 도진은 이후로도 몇 차례 더 대화를 주고받았지만, 그들의 의견에 대한 간격은 도저히 좁혀지지 않았다.

하지만 이런 실랑이는 메뉴를 결정하는 데 필수적인 과정이었다.

레스토랑을 운영한다는 것은, 적당한 가격에 음식을 판매하는 게 다가 아니었다.

그 메뉴를 만드는 데 드는 재룻값, 인건비 같은 가장 기본적인 것은 물론이고 건물의 임대료나 전기료 등 모든 비용을 계산해서 바람직한 금액을 책정하는 것이 가장 기본이었고…….

가게를 운영하는 데 있어 손실이 나지 않는 것은 물론이고 꾸준히 가게를 운영할 수 있는 수익을 내기 위해서는 가장 중요한 과정이었다.

'여기서 더 이상은 양보할 수 없는데…….'

도진이 '아틀리에'의 운영실정을 조금 더 정확히 알고 있었다면 메뉴를 짜며 코스트를 고려해 금액까지 확정해서 바로 레시피를 공유할 수 있었을 테지만, 그 모든 것을 파악하기에는 시간이 역부족했다.

그 때문에 김명호의 도움을 받을 수밖에 없는 도진은 어찌해야 할지 고민에 빠졌다.

비스트로는 파인다이닝보다 좀 더 캐주얼하고 저렴한 가격대로 레스토랑의 분위기를 즐길 수 있다는 특성상 음식을 너무 높은 가격대로 채택할 수는 없었다.

하지만.

'날치알로는 그 느낌이 살지 않아.'

여기에서 더 이상의 재료를 뺀다면 도진이 생각했던 그림이 나오지 않을 것 같았다.

초안대로라면 도진이 생각하는 '봄의 화원'의 가장 시그니처 메뉴라고 할 수 있는 봄꽃 파스타의 위에는 화사하게 피어난 꽃들 사이로 연어알을 올릴 계획이었다.

다만, 연어알의 가격대가 너무 높은 것이 문제였다.

9월 말부터 11월 초까지 딱 한 철에만 공급되는 데다가, 여간 손질이 번거로운 게 아니었다.

그런 연유로 인해 연어알의 가격은 100g이 채 되지 않음에도 2, 3만 원대에 팔리고 있었고, 그런 연어알을 큼직하게 한 스푼을 넣는다는 것은 판매 금액의 상승을 의미했다.

서로 한 치의 양보 없는 눈길이 오갔다.

"셰프님……."

김명호의 애처로운 부름에도 불구하고 도진은 앙다문 입술을 열 생각이 없었다.

절대 양보하지 않겠다는 뜻이나 마찬가지였다.

김명호는 자기가 졌다는 듯 고개를 절레절레 저었다.

"예, 알겠습니다. 연어알, 쓰시죠. 가격대를 그냥 조금 더 높이는 걸로 하겠습니다."

"좋습니다. 도저히 연어알이 아니면 이 느낌이 안 나와서요."

도진은 그의 결정에 만족스러운 미소를 지었다.

'아틀리에'는 큰 창이 많은 곳이었기에 낮의 한가운데 해가

온 시간대면 홀은 빛으로 가득 찼다.

그리고 잘 손질된 연어알은 빛을 받으면 더욱 영롱하게 빛났다.

그런 도진의 생각을 읽은 것인지, 파스타 접시를 뚫어져라 쳐다보던 김명호가 입을 열었다.

"확실히, 꽃들 사이에서 빛을 받아 영롱하게 빛나는 모습은 봄의 생기를 접시 위에 가득 담아낸 것 같네요."

하지만 여유롭게 감상하고 있을 시간은 없었다.

다른 이들에게도 메뉴를 공유하기 위해서는 빠르게 메뉴의 레시피를 정리해야만 했다.

도진과 김명호는 그 후로도 이틀간 쉴 틈 없이 재료를 조금씩 바꿔 가며 같은 메뉴를 여러 번 만들기를 반복했다.

재료의 변경을 통해 원가를 조금이라도 절감할 수 있으면서 도진이 생각한 요리의 맛과 비주얼을 살릴 수 있는 방법을 찾아내기 위한 과정이었다.

그렇게 정신없이 지나간 3일.

도진은 마치 김명호와 전쟁이라도 치른 듯한 느낌이었다.

짧은 시간 내에 서로 양보할 수 없는 치열한 공방이 이어졌기 때문에 잔뜩 진이 빠졌지만, 결국 그들은 서로의 합의점을 찾아내는 데 성공할 수 있었다.

김명호가 지난 이틀의 성과들이 모두 담겨 있는 종이들을 모으며 말했다.

"그럼 레시피 정리는 제가 따로…….."

"아, 이것도 참고하세요. 오늘 했던 분량까지 모두 메모해 뒀습니다."

"네? 그걸 언제 다…….."

김명호는 도진의 말에 깜짝 놀랐다.

'분명 3일간 자는 시간 빼고는 다 붙어 있었는데 언제 정리를 한 거지?'

도무지 알 수 없는 노릇이었다.

그리고 도진이 건넨 손바닥만 한 크기의 수첩을 받아 든 김명호는 그 안을 열어 보고는 더욱 놀랄 수밖에 없었다.

가장 첫 장에 스케치 되어 있는 봄꽃 파스타와 그 옆에 휘갈겨 쓴 판매 금액.

그 바로 뒷장에는 메뉴의 재료와 조리 순서, 플래이팅 방법을 비롯해 조리 시 중요하게 생각해야 할 부분까지.

빈틈이 보이지 않을 정도로 가득 적혀 있는 종이가 족히 열 장은 넘어 보였다.

그 뒤로 이어지는 메모 또한 마찬가지였다.

메뉴와 그에 대한 빼곡한 설명.

노트를 휘리릭 넘기며 마지막까지 확인한 그는 열다섯 개의 메뉴 모두 그런 식으로 정리된 것을 보고 노트와 도진을 번갈아 보며 생각했다.

'이거, 완전 미친놈 아니야……?'

놀라 떡 벌어진 김명호의 입이 다물어질 줄 모르는 듯했다.

⊗

'아틀리에'의 두 번째 시즌이 오픈하기까지 남은 시간은 사흘.

김명호의 생각보다 더 빨리 메뉴 정리를 끝낼 수 있었기에 주방 인원들은 넉넉한 일정으로 메뉴의 레시피를 익힐 수 있었다.

그 덕분에 지금은 모두가 자신이 맡은 파트의 메뉴는 레시피를 보지 않고도 만들어 낼 수 있었다.

하지만 혹시 모를 일을 대비해 모든 레시피를 숙지해야 하는 것은 당연했기에 주방 직원들은 여전히 레시피를 파고드는 데에 여념이 없었다.

도진 또한 일찌감치 출근해 다른 이들이 메뉴 연습하는 것을 지켜보다가, 그들을 관리 감독하고 있는 김명호의 옆으로 다가가 물었다.

"오늘이 홀 직원들이 출근하는 날이죠?"

"네. 오픈 전에는 10시 출근이라고 말해 뒀으니, 곧 오기 시작할 겁니다."

아틀리에는 파인다이닝이 아니었기 때문에 테이블당 담당

서버가 있을 필요는 없었다.

하지만 그럼에도 불구하고 테이블 수를 생각했을 때, 아틀리에의 홀 직원의 숫자는 적지 않았다.

홀 서버 네 명과 총괄 서버 한 명, 그리고 소믈리에 한 명으로 총 여섯 명의 인원.

총괄 서버를 제외한다고 하더라도 홀 서버 한 사람당 세 개의 테이블만 관리하면 되는 일이었다.

그렇기에 도진은 이조차도 많다고 생각했지만, 모든 것은 최석현의 뜻이었다.

"이곳에 오는 모든 손님에게 더욱 완벽한 서비스를."

그가 그런 뜻을 실현할 수 있었던 모든 이유는 첫 시즌의 테이블 회전율이 그만큼 높았기에 가능한 일이었다.

그런 생각을 하고 있을 때쯤.

김명호의 말대로 하나둘씩 홀 직원들이 출근하기 시작했다.

이내 복장을 갈아입고 홀로 모인 그들의 앞에서 도진이 첫 인사를 건넸다.

"안녕하세요. 헤드 셰프로서 이번 시즌을 함께하게 될 김도진입니다. 잘 부탁드립니다."

"아, 이번에 오신 셰프님이시구나! 잘 부탁드립니다!"

"반갑습니다!"

구김 없이 인사하는 그들의 모습에 만족스러운 미소를 지은 도진은 각자의 소개를 들은 뒤.

바로 본론으로 진입했다.

"자ㅡ. 아직 정식 메뉴판은 아니지만, 여러분이 숙지해야 할 내용들입니다."

도진이 그들의 앞에 직접 정리한 메뉴를 들이밀자, 홀 직원 중 한 명인 김유진이 도진을 향해 물었다.

"우와, 이거 직접 만드신 거예요?"

"티가 나나요? 아무래도 미숙한 실력이라⋯⋯."

도진이 머쓱하게 웃으며 대답했다.

"아니에요! 너무 예쁜데요? 이대로 손님한테 내도 좋을 것 같아요."

그녀의 말에 모두 받아 든 종이를 빠르게 훑었다.

채색까지 되어 있는 메뉴의 그림은 간단하게 그렸음에도 특징을 잘 살려 그려져 있었고, 그 옆에는 간단한 메뉴에 대한 설명이 이어져 있었다.

여기저기서 작은 감탄이 흘러나왔다.

"셰프님, 이거 너무 예뻐요."

"메뉴 나올 때마다 직접 비교하면서 보는 것도 재밌겠다."

메뉴를 보며 자신들끼리 대화를 나누는 모습을 보던 도진이 문득, 그들의 대화를 듣고 눈을 크게 뜨며 말했다.

"오, 그거 너무 좋은 생각인데요?"

"네?"

"메뉴의 그림과 설명을 나눠 준다는 거요. 너무 좋은 아이디어인 것 같습니다."

시즌제로 운영되는 만큼 다음 시즌에는 또 다른 음식이 나올 터였다.

그렇기에 이번 시즌의 음식을 기억하고 싶은 이들에게 좋은 이벤트가 될 수 있었다.

'마치 지난 방송 촬영 때, 메뉴 책자를 가져가는 손님들이 있었던 것처럼……'

아틀리에의 오픈 사흘 전.

도진의 머릿속에서는 여전히 끊임없이 아이디어가 샘솟고 있는 듯했다.

도진이 아틀리에의 오픈 준비에 박차를 가하는 동안, 최석현이 마냥 쉬고만 있었던 것은 아니었다.

띠링. 띠링. 띠리링─

"네, 최석현입니다."

오늘만 벌써 네 통의 전화를 받은 최석현은 난감한 표정으로 통화 상대에게 사과했다.

"죄송합니다, 이사님. 당장 내일이다 보니 초대권 명단도 이미 다 차서……. 네, 다음에 연락드리겠습니다."

그렇게 전화를 끊은 지 얼마 되지 않았으나 또다시 최석현의 전화벨은 '따르릉-.'거리며 울려 댔고, 그는 연거푸 사과를 거듭했다.

모두 시식회에 관한 문의 전화였다.

아틀리에는 첫 시즌 공식 오픈 전날 이벤트성으로 시식회를 열었다. 성황리에 마친 시식회는 무엇보다 좋은 홍보 효과를 가져왔고⋯⋯.

그 결과, 두 번째 시즌 또한 오픈 전 시식회를 열게 된 것이다.

시식회는 최석현의 SNS를 통해 누구나 신청할 수 있었고, 신청한 이들에 중 추첨을 통해 당첨된 이들이 참석 예약을 할 수 있는 식이었다.

런치와 디너 각각 스물네 명씩, 당첨자들은 본인 포함 최대 4인으로 예약할 수 있었기에 별다른 홍보가 없었는 데도 불구하고 알음알음 사람들 사이에 퍼져 첫 시즌의 시식회 또한 크게 관심을 받았다.

이번 시즌도 어김없이 지난 시즌과 마찬가지로 시식회의 참석자를 뽑았고, 참석자들의 예약을 받았으나⋯⋯.

당첨된 모든 이들이 예약하는 것은 아니었다.

개인 사정으로 인해 자리가 참석할 수 없거나, 당첨되었음에도 연락이 닿지 않아 예약하지 못하는 이들이 꼭 있었다.

그렇게 생긴 빈자리를 채우는 건 다름 아닌 최석현의 '초대권'을 받은 지인들이었고, 그것을 알고 있던 그의 지인들이 아침부터 최석현에게 전화를 해 댔다.

'다들 기대할 만도 하지.'

최석현은 아틀리에의 두 번째 시즌에 대한 사람들의 관심이 생각보다 더 큰 것에 놀랐지만, 이내 이해했다.

필드에 서 본 적도 없는 이를 객원 셰프로 들였으니…….

모두의 관심이 지대할 법도 했다.

최석현의 담대한 선택의 이유가 궁금하다는 이들도 있었으나 개중에는 그의 선택이 잘못되었다고 생각하는 이들도 분명히 있었다.

그뿐 아니라 두 번째 시즌이 망할 것이라고 논하는 이들이 수두룩하다는 것도 이미 알고 있었다.

하지만 그는 분명 내일 시식회가 시작되고 나면, 자신의 선택이 옳았다는 것을 깨달으리라 생각했다.

모든 메뉴가 완성된 뒤 '아틀리에'의 오너 셰프로서, 이미 판매될 모든 메뉴를 맛본 최석현은 당장 내일.

시식회에 오게 될 사람들의 반응이 그 누구보다 궁금했다.

�֍

시간은 속절없이 흘러 어느덧 시식회 당일.

초대권을 받아 '아틀리에'의 두 번째 시즌 시식회에 올 수 있었던 된 강건희는 아침부터 영 못마땅한 표정을 짓고 있었다.

'가긴 해야 하는데.'

유명 미식 잡지의 기자인 강건희는 게스트로 나갔던 미식 프로그램에서 최석현과의 인연을 맺게 되었다.

그는 기자임에도 불구하고 요리 자격증은 물론, 베이킹까지 배울 정도로 요리와 음식 문화에 진심이었기에 최석현과 죽이 꽤나 잘 맞았다.

그 덕분에 모두가 주목하고 있는 아틀리에의 두 번째 시식회에 참석할 수 있는 시식회의 골든 티켓을 얻을 수 있었지만…….

강건희는 최석현의 초대가 언짢았다.

그도 그럴 것이.

'미식 잡지 기자를 왜 불렀겠어. 오픈하는 가게인데 비평해 달라는 건 아닐 것 아니야.'

최석현의 속이 너무 훤히 보이는 듯했기 때문이다.

'아틀리에'는 오픈 당시부터 많은 관심을 받았다.

시즌제라는 독특한 운영 방식을 선포한 것은 물론이고, 객원 셰프를 들여 시즌을 운영하게 한다는 것은 좋게 말하자면 창의적인 시도였고, 솔직한 심정으로는 무모한 일이었다.

시즌제에 대한 의견은 강건희도 나쁘지 않다고 생각했다.

매 시즌이 바뀔 때마다 최석현의 각기 다른 요리를 먹을

천재 셰프
회귀하다

수 있다니.

물론 직원들이야 새로운 요리를 개발하고 익히는 데에 있어 고생을 좀 하겠지만.

'그건 내가 할 일은 아니니까.'

그렇게 생각했다.

실제로 첫 시즌의 경우 그 최석현의 레시피들이었기 때문에 맛은 당연히 뛰어났다.

파인다이닝보다 상대적으로 저렴한 비스트로에서 이 정도 맛과 비주얼의 음식을 이 가격을 먹을 수 있다니.

그 만족감은 훌륭하다고 할 수 있었다.

그렇게 첫 시즌을 잘 마무리한 최석현은, 분명 두 번째 시즌까지는 본인이 직접 헤드 셰프를 맡을 것 같다고 말했다.

그 얘기를 들은 모두는 다음 시즌이 너무 기대된다며, '아틀리에'의 성공적인 첫발에 축하의 말을 건넸다.

하지만.

　-'아틀리에'의 두 번째 시즌을 함께하게 될 김도진 셰프. 그의 행보에 주목해 주세요.

다음 시즌이 며칠 남지 않은 상황에서 최석현의 SNS에 올라온 갑작스러운 공지에 모두가 놀랐다.

그것은 강건희도 마찬가지였다.

'갑자기 말을 번복하고 당장 다음 시즌부터 객원 셰프를 들이다니, 도대체 무슨 생각이지?'

대부분의 사람들이 객원 셰프에 대해 부정적인 반응을 보였던 것은, 시즌제도 불안정한데 헤드 셰프도 계속 바뀐다면 '아틀리에'의 앞날이 바람 앞의 등불처럼 위태로울 게 뻔하다는 이유에서였다.

강건희도 그 의견에 동의했다.

심지어 조사해 본 바에 따르면 두 번째 시즌을 맡은 객원 셰프는 필드에서의 경력 한 줄조차 없는 애송이였다.

기껏 해 봐야 요리 대회 우승 경력과 요리 서바이벌 프로그램의 우승 경력.

그뿐이었다.

셰프는 고사하고 쿡(cook)이라고 지칭하는 것조차 부끄러울 정도였던 이에게 헤드 셰프의 자리를 맡기다니.

두 번째 시즌이야말로 '아틀리에'의 운영에 있어 가장 중요한 대목일 터인데 어찌 이런 무모한 선택을 한 것인지 알 수가 없었다.

'정말로 후배 양성 및 띄워 주기가 목적인 건가?'

쉬이 믿기지 않는 최석현의 결정에 모두가 두 번째 시즌의 귀추를 주목했다.

후배 띄워 주기라며 분명 레시피의 대부분은 최석현 셰프가 손봤으리라 말들이 많았다.

떠도는 말들이 많아지자 최석현은 결국 그런 말들에 공식적으로 반박하기까지 했다.

"두 번째 시즌을 준비하면서 제가 한 것이라고는 그저 김도진 셰프를 아틀리에로 데려온 것뿐입니다."

모든 것을 객원 셰프에게 맡겼다는 말이었다.

하지만 오히려 그 말은 불씨가 되어 '아틀리에'에 관한 가십을 더욱더 활활 타오르게 했다.

과연 제대로 된 요리가 나오긴 할지 궁금하다는 이들부터, 필드 경험이 없는 셰프가 운영하게 될 두 번째 시즌은 망하고 말 것이라는 의견까지.

전체적으로는 부정적인 의견이 많았다.

강건희는 그래서 자신이 최석현에게 초대되었다고 생각했다.

'좋은 기사 좀 써서 여론 좀 몰아달라는 뜻이겠지.'

그런 생각에 강건희는 모두가 원했던 이 초대가 마냥 달갑지만은 않았다.

그럼에도 불구하고 이미 초대되었고, 예약까지 마쳤기 때문에 강건희는 약속 시간에 맞춰 아틀리에로 향했다.

그리고 도착한 아틀리에의 앞에는, 오래 기다린 것인지 잔뜩 표정을 찡그린 여성이 강건희에게 손짓하고 있었다.

"야, 너 진짜, 왜 이렇게 늦게 와?"

"소희야, 아무리 그래도 오빠한테 야, 너는 아니지."

그녀는 다름 아닌 요리 칼럼니스트 한소희였다.

강건희는 자신이 '아틀리에'의 초대권을 받게 되었다는 얘기를 들었을 때의 한소희를 떠올렸다.

그때는 분명 자신에게 싹싹 빌며 제발 같이 가게 해 달라고 했던 것 같은데.

"야, 너 내가 여기 초대권 받았다고 그럴 때랑은 분위기가 너무 다르다?"

"그때랑 지금이랑은 당연히 다르지. 이미 같이 왔잖아!"

말도 안 되는 소리를 한다며 표정을 구기는 한소희의 모습에 강건희가 헛웃음을 지었다.

두 사람의 인연은 꽤 오래되었다.

그가 소속되어 있는 잡지사에 그녀가 칼럼니스트로서 첫 글을 투고한 그때부터 두 사람은 친분을 유지하고 있었다.

그렇기에 강건희는 그녀가 얼마나 맛있는 요리에 진심인지 알 수 있었다.

그런 한소희가 모두가 망할 거라며 단언하는 아틀리에의 두 번째 시즌에 도대체 왜 이렇게까지 오고 싶어 했는지 그로서는 도무지 알 수 없었다.

강건희가 눈을 반짝이며 아틀리에를 바라보고 있는 한소희에게 물었다.

"그렇게 기대하는 이유가 도대체 뭐야?"

"내가 봤어."

"뭘? 말을 좀 똑바로 해 볼 생각은 없어?"

한껏 불친절한 한소희의 대답에 강건희가 머리를 짚으며 말하자, 그녀가 강건희를 바라보며 되물었다.

"예전에 내가 서울시 주최 요리 대회 심사했던 거 혹시 기억나?"

"아, 김도진 요리 대회 경력. 기억난다. 근데 요리 대회랑 필드는 또 다르지."

"아냐, 내가 봤다니까."

"그러니까 뭘 봤다는 거야, 진짜."

"가능성."

강건희는 이해할 수 없었다.

요리 대회에서는 심사 주제에 맞는 하나의 요리를 몇 날 며칠씩 공들여 준비한다.

많이 준비해 봤자 대여섯 개의 요리였다.

그리고 단 한 번의 심사로 그 요리의 점수를 매기는 게 바로 요리 대회였다.

이런 레스토랑과는 또 다르다는 말이었다.

전 시즌만큼 준비했다면 김도진은 최소 열두 개의 메뉴를 만들어야만 했다.

만들기만 하면 끝나는 게 아니다.

모든 손님에게 같은 퀄리티로 요리를 낸다는 것은 그만큼 헤드 셰프로서 오더 관리를 잘해야만 가능한 일이었다.

그런데 과연 주방에 제대로 서 본 적도 없는 풋내기 요리사인 김도진이 그걸 할 수 있을까?

강건희는 불가능하다고 생각했다.

하지만 한소희는 오히려 이해하지 못한다는 듯한 표정의 강건희를 보며 고개를 저었다.

"오빠, 그렇게 편견 가지지 마. 요리도 하는 사람이 그렇게 편견을 가지면 어떻게 요리를 창조해 내겠어?"

"내가 요리사도, 요리 연구가도 아닌데 무슨 상관이야."

"쓰읍―. 조용히 하고 빨리 들어가자. 예약 10시 반 맞지?"

한소희는 더 이상의 쓸데없는 말은 듣지 않겠다는 듯 시간을 확인하며 강건희의 팔을 붙들고 가게 안으로 들어섰다.

그는 한소희에게 이끌려 가면서도 지끈거리는 두통에 어찌해야 할지 몰랐다.

'아, 이거 초대받은 거라서 솔직하게 쓸 수도 없는 노릇이고. 어떡하냐, 나.'

귀찮다는 표정을 숨기지 않은 채 휘적휘적 가게 안으로 들어선 강건희는 짧은 복도 끝, 예약자 명단을 확인하기 위해 미리 대기하고 있던 총괄 서버와 마주쳤다.

"예약자분 성함이요?"

"강건희입니다."

"이쪽으로 따라오시면 됩니다."

간단한 질의응답을 끝으로 총괄 서버의 안내를 따라간 강건희는 작게 탄식했다.

"와ᅳ."

복도를 돌아서 들어선 홀은 지난 시즌과는 전혀 다른 분위기였다.

분명 인테리어가 크게 바뀌지는 않았으나, 전체적인 분위기가 달라졌다.

'뭔가 좀 바뀐 것 같은데.'

크게 자리 잡은 창으로 들어오는 따뜻한 햇볕과 곳곳에 드리운 녹음. 그 틈 사이로 피어난 단아한 꽃들.

완연한 봄이었다.

"웰컴 디시입니다."

서버는 주문을 위해 메뉴판을 보고 있던 손님의 테이블에 조심스레 접시를 올려놓았다.

"어, 원래 이런 거 없지 않아요?"

"셰프님께서 시식회를 위해 여기까지 와 주신 여러분께 감사한 마음을 표현하고자 준비하셨습니다. 편하게 즐겨 주세요."

가벼운 질문에 예의를 차린 대답을 한 서버는 조심스럽게 테이블의 분위기를 살폈다.

이전까지만 해도 이곳을 탐색하는 듯한 눈빛을 하고 있던 손님의 시선이 바뀌었다.

예상치 못한 선물은 언제나 사람들을 기쁘게 하는 법이었다.

"메뉴 고르시면 불러 주세요. 그럼 이만-."

서버는 누구보다 빠른 걸음으로 주방에 들어서 도진을 불렀다.

"셰프님! 셰프님!"

패스에서 다른 테이블의 웰컴 디시를 플레이팅하고 있던 도진은 급히 자신을 부르는 소리에 고개를 들었다.

"웰컴 디시 분위기 완전 좋아요!"

성공을 확신한 듯 당차게 말하는 서버의 모습에 도진이 부드럽게 웃으며 말했다.

"이제 시작이죠."

승전보를 올리기엔 아직 일렀다.

강건희는 아틀리에의 첫 번째 시즌을 떠올렸다. 처음 방문했던 아틀리에는 '겨울' 그 자체였다.

새하얀 눈이 소복하게 쌓인 듯한 순백색의 인테리어에 목화솜 리스나 크리스마스트리 같은 장식을 두어 겨울 분위기를 살린 아틀리에는 곳곳이 포토 존이라고 할 만큼 잘 꾸며져 있었다.

'다 최 셰프가 직접 셀렉한 소품들이라고 했었지.'

그 덕분에 첫 번째 시즌에 아틀리에를 방문한 이들은 자신의 SNS에 인생 사진을 건져 간다며 글들을 올렸고, 그런 글들은 아틀리에를 더욱 화젯거리로 만들었다.

강건희는 그것이 일종의 마케팅이라고 생각했다.

별것 아닌 것 같아도 가게의 인테리어나 분위기는 손님들을 끌어모으는 데 중요했다. 그리고 이미 오랜 시간 꾸준히 파인다이닝을 운영해 오고 있던 최석현은 그런 실정을 잘 알고 있었다.

결론적으로 그의 판단은 훌륭했고, 그 무엇보다 손님들을 끌어모으는 데 효과적이었다.

첫 시즌을 성황리에 마무리할 수 있었던 이유 중 하나는 분명 그 인테리어 덕도 있었을 게 분명했다.

'하지만 이번 시즌은 그런 식으로 화제를 끌기에는 무리겠지.'

강건희는 도진이 메뉴 개발을 하는 것만으로도 정신이 없으리라 예상했다.

말이 메뉴 개발이지, 직접 판매하게 될 메뉴들은 그저 레시피만 만들어 내면 다가 아니었다.

'예능 프로그램이나 요리 대회에서처럼 그냥 맛만 좋으면

다가 아니라고.'

　만들어 낸 레시피가 이 비스트로에서 판매하기에 적당한지 확인해야 하는 것은 물론이고, 메뉴의 가격을 정하기 위해 코스트를 계산하는 것부터 원활한 재료 수급을 위해 좋은 거래처를 찾고 직원들을 교육하는 것까지.

　그렇기에 이 애송이 셰프에게는 메뉴 개발만으로도 준비가 벅차 시간이 부족했을 게 분명했다.

　그런 와중에 인테리어나 마케팅까지 쓰기에는 무리였다.

　강건희는 조금 걱정되는 마음으로 발걸음을 옮겼다.

　'너무 아무것도 없으면 횅할 텐데…….'

　이전 시즌의 들어서자마자 보이던 홀 중앙의 트리는 계절이 지나 치워져 그 자리가 텅 비어 있을 것이라 예상했기 때문이다.

　하지만 비어 있으리라 생각했던 그 자리에는 높낮이가 다른 낮은 다각형 테이블이 자리 잡고 있었다.

　새하얀 다각형 테이블에는 색을 맞춘 듯 하얀색 아마릴리스가 한 송이가 꽂힌 화병이 놓여 있었다.

　굵은 꽃대 하나에서 피어난 세 송이의 꽃은 하얀 꽃잎이 뒤로 살짝 말려, 마치 여배우와도 같은 우아한 자태를 뽐내며 강건희의 시선을 사로잡았다.

　테이블에는 모두 한 세트인 것만 같은 오브제와 풀꽃들이 적당한 거리를 두고 감각적으로 배치되어 있었다.

천재셰프
회귀하다

마치 인테리어 잡지에서나 볼 법한 분위기였다.

그뿐 아니었다.

총 다섯 개의 아치형 창문 앞에 배치된 하얀 원형 테이블은 전 시즌과 여전히 같았지만, 테이블에 놓인 작은 화병 속 옹기종기 모여 있는 들꽃은 봄이 왔음을 알리는 듯 수줍게 피어 있었다.

창문의 격자무늬 사이로 내리비치는 따사로운 햇볕은 곳곳에 놓인 화분들의 녹음에 생기를 더했다.

강건희는 어쩐지 가슴이 벅차오르는 듯한 기분이었다.

지금, 아틀리에는 완연한 봄 그 자체였다.

'원래 이렇게 천장이 높았나?'

강건희는 내부를 두리번거리며 살폈다.

이전에 자리하고 있던 크고 높았던 오브제들이 모두 치워진 탓에 눈앞의 시야가 탁 트인 덕분일까.

고개를 들어 올려야 보이는 높은 천장이 마치 신화 속에나 있을 법한 하얀 신전 속 정원에 들어온 듯한 기분을 들게 했다.

인테리어에 관한 것은 전혀 기대도 생각도 하지 않았기에 그 감상은 더욱 크게 다가온 듯 강건희는 넋을 놓고 내부를 둘러보았다.

옆에 선 한소희도 마찬가지인 듯 카메라를 들고는 연신 셔터를 눌러 대기 바빴다.

총괄 서버는 마치 그런 두 사람의 반응을 예상이라도 한 듯 잠시 앞서가던 발걸음을 멈추고 기다리다 적당히 시간이 흐르자 그들을 다시 자리로 이끌었다.

"두 분, 이쪽으로 오시면 됩니다."

총괄 서버의 목소리에 정신을 차린 강건희가 머쓱한 듯 괜히 '크흠-.' 하며 목을 가다듬고 그가 안내한 자리에 앉았다.

"주문하실 메뉴 결정하시면 자리에 비치된 종을 흔들어 주세요."

한소희는 총괄 서버가 곁을 떠나는 것을 확인하고는 비치된 메뉴판을 뒤적거리며 강건희에게 낮게 말했다.

"입에서 무슨 침 떨어지는 줄 알았네. 아직 넋 놓기는 일러. 요리 맛보면 더 깜짝 놀랄걸."

"뭐가, 내가 언제 그렇게 넋을 놨다고!"

"야, 조용히 좀 해. 쪽팔리게 진짜. 나는 나름 유명인이거든?"

두 사람이 남매와도 같은 분위기로 티키타카를 이어 가고 있을 때.

그들의 옆으로 다가온 서버가 조심스럽게 테이블 위로 그릇 하나를 올려 두었다.

아직 주문하기도 전인데 나온 음식에 강건희가 '그럼 그렇지.' 하는 표정으로 서버를 향해 말했다.

"저희 테이블 거 아닌 것 같은데요? 아직 주문 전이라."

"아, 이건 웰컴 디시인 연어 타르트입니다. 셰프님이 오늘 시식회 참석해 주신 분들 위해서 감사 인사 대신 준비하셨어요."

"네?"

강건희는 분명 헤드 셰프의 직원 교육이 미숙해 다른 테이블의 요리가 자신의 테이블로 왔으리라 생각했다.

하지만 이게 웬걸, '비스트로'에서 웰컴 디시라니.

흔치 않은 일이었다.

'환심이라도 사고 싶은가 보지?'

그가 별짓을 다 한다는 시선으로 테이블에 놓인 접시를 바라보는 사이.

한소희는 속사포로 메뉴를 읊으며 주문을 마치고 메뉴판을 서버에게 건넸다.

"소희야, 너는 둘인데 주문을 뭘 그렇게 많이 하니."

"알 게 뭐야. 이 정도는 시켜 줘야지, 아니면 후회할걸."

"어떻게 다 먹으려고."

"더 시키고 싶은데 참은 거니까 조용히 하고 웰컴 디시나 입에 넣어."

연신 사진을 찍어 대던 한소희는 자기 몫의 연어 타르트를 앞접시로 가지고 가더니, 곧장 한입 가득 베어 물고는 음미하기 시작했다.

스르륵 올라가는 입꼬리를 눈치채지 못한 듯 눈을 감고 몇 번을 오물거리던 그녀는 남은 한 입을 재차 입에 넣었다.

강건희는 그런 그녀의 모습을 신기하게 바라보았다.

자신이 아는 한소희는 맛없는 음식과 맛있는 음식의 리액션이 극명했다.

'보나 마나 한 입 먹고 내려놓을 줄 알았는데.'

너무나 맛있게 먹는 그녀의 모습에 강건희는 자신의 눈앞에 놓인 연어 타르트를 뚫어져라 쳐다보았다.

비주얼은 그럴듯했다.

타르트지 위에 동그랗게 말린 채 올라간 연어의 옆에 잎사귀처럼 끼워져 있는 무순은 연어를 더욱 한 송이의 꽃처럼 보이게 만들었다.

그리고 그 꽃잎 틈 사이사이로 흩뿌려진 자몽 알갱이는 조명 빛에 투명하게 빛나고 있었다.

'딱 여자들이 좋아하는 별스타그램 업로드용 사진이지, 뭐.'

맛있게 먹고 있는 한소희를 보면서도 믿을 수 없다는 듯 불신 가득한 눈을 한 강건희는 우악스러운 손길로 타르트를 한입에 넣었다.

그리고 이내.

"어……?"

강건희는 순간, 자신도 모르게 커지는 미처 눈을 숨기지 못한 채 우물거리기를 반복했다.

그 모습에 한소희가 한쪽 입꼬리를 씨익 올리며 말했다.

"내가 그랬지?"

완벽한 승자의 모습이었다.

강건희는 못내 자존심이 허락하지 않는 듯 쉬이 입 밖으로 나오지 않는 말에 입을 꾹 다물고 속으로 생각했다.

'맛있다.'

얇은 타르트지가 '파삭' 하고 입안에서 바스러지는 것과 동시에 안에 있던 소스가 연어와 어우러지며 연어의 맛을 돋워 줬다.

"절인 양파에 케이퍼를 넣고 만든 소스인가?"

"그런 것 같아. 궁합이 너무 좋지 않아?"

"생선 비린 맛을 잡는 데는 케이퍼 피클만 한 게 없긴 하지."

"으유, 그냥 맛있다고 해."

한소희는 끝까지 자존심을 부리며 튕기듯 말하는 강건희를 한심하게 바라보았다.

강건희도 그 시선을 눈치챘지만, 쉬이 인정할 수 없었다.

'아틀리에'에 오기 전부터, 그렇게도 무시했던 어린 셰프의 요리였다.

강건희는 그가 만든 웰컴 디시 한입에 '요리 좀 잘 해 봤자 얼마나 잘하겠어.'라고 생각했던 자신이 순식간에 부끄러워졌다.

소스와 연어의 조합만 훌륭한 것이 아니었다.

중간중간 씹히는 자몽 알갱이는 톡톡 터지는 식감으로 입 안에 남는 기름짐을 달콤하고 쌉싸름하게 정리해 다시금 식욕을 돋웠다.

강건희는 끝내 인정할 수밖에 없었다.

"하나만 더 먹고 싶다."

"이것저것 시키길 잘했지?"

결국 자신의 패배를 선언한 강건희의 모습에 한소희가 승리를 자축하듯 실실 웃었다.

강건희는 알 수 없는 표정으로 그녀의 말에 '응.'이라며 짧은 대답 후.

식사 내내 조용히 사진을 찍고 그 맛을 음미하며, 틈틈이 자신이 가지고 온 노트에 무언가를 메모했다.

그리고 식사를 마친 뒤, 앉았던 자리를 가볍게 정리한 그는 가게를 나서기 직전.

무언가 생각난 듯 입구를 지키고 있던 총괄 서버에게 질문 하나를 던졌다.

"혹시, 요리에 맞는 분위기로 인테리어를 따로 맡긴 겁니까?"

"아뇨, 모두 셰프님이 직접 하셨습니다. 간격 하나도 미세하게 조정할 정도로 신경 많이 쓰셨는데, 감각이 참 좋으시죠?"

천재셰프
회귀하다

총괄 서버의 대답에 강건희가 고개를 주억거렸다.

"그러게요. 대단하시네요."

강건희는 '아틀리에'의 전경을 한눈에 담으려는 듯 몸을 틀어 자신이 앉았던 자리를 응시했다.

불신이 가득했던 그의 눈동자 안에는 어느새 호기심만이 남아 있었다.

밤 10시. 드디어 모든 서비스를 마친 시간이었다.

다른 일정으로 인해 저녁 느지막이 '아틀리에'에 도착한 최석현은 식사를 마치고 떠나는 손님을 배웅하느라 정신이 없었다.

"식사는 괜찮으셨습니까?"

"어머, 너무 좋았어요."

"정말로요. 저 이 메뉴 명함 다 챙겼어요!"

"하하, 감사합니다. 밤길 늦었으니 조심히 들어가세요."

만족스러운 식사를 한 듯 웃음기 가득한 얼굴로 떠나는 마지막 손님의 뒷모습을 한참 바라보던 최석현은 곧장 주방으로 향했다.

"도진 씨, 고생 많았어요. 오늘 어땠어요? 할 만해요?"

최석현은 그답지 않게 들뜬 듯한 표정으로 질문을 쏟아

냈다.

도진이 그런 그에게 타이르듯 말했다.

"최 셰프님, 하나씩 물어보세요."

"이 메뉴 명함은, 지난 미션 때 메뉴 책자에서 아이디어를 얻은 건가요? 반응이 너무 좋던데요?"

"네, 다들 좋아해 주셔서 다행이네요."

최석현은 의젓하게 대답하는 도진을 보며 흐뭇한 표정을 지었다.

그의 기분을 이렇게 들뜨게 만든 것은 식사를 마치고 떠나는 손님들의 덕담은 물론이고, 식사를 하고 간 지인들까지 호평들 덕이 분명했다.

많은 이들이 이번 시즌에 대해 우려하고 있었으나, 도진은 단 한 번의 식사를 통해 그들의 우려를 앞으로에 대한 기대로 바꿔 버렸다.

초대권으로 식사를 하고 간 친한 셰프는 어디서 이런 인재를 발굴해 왔냐며, 도진에 대한 질투 어린 찬사를 남겼다.

그러니 자신의 선택이 옳았다는 것을 확인한 최석현의 입꼬리가 하늘을 찌르지 않고는 못 배길 일이었다.

그가 도진에게 손을 내밀며 말했다.

"고생하셨습니다. 잘 부탁드립니다."

"저야말로, 잘 부탁드립니다."

굳건하게 손을 맞잡은 채 눈을 맞춘 두 사람의 얼굴에 떠오른 미소는 마치 데칼코마니 같았다.

◈

'아틀리에'의 시식회에서 돌아온 강건희는 그날 밤.

책상에 앉아 노트북을 켠 뒤, 옆에 놓여 있던 안경을 끼고 조심스레 키보드 위에 손을 올렸다.

"후우―."

심호흡을 한 번 내쉰 그는 곧 쉴 틈 없이 손을 움직이기 시작했다.

마치 하나의 피아노곡을 연주하듯 멈추지 않고 키보드 위를 쏘다니던 그의 손가락은 이내 마지막 건반을 누르듯 가볍게 '엔터키'위에 착지했다.

그리고 몇 번의 달칵거리는 마우스 소리를 끝으로 잠자리에 든 강건희는 후련한 표정을 한 채 단잠에 들었고…….

다음 날 아침.

그가 예약해 두었던 기사가 공개되었다.

만개한 '아틀리에'의 봄날을 알리는 셰프.

그의 기사는 단연 포털 메인의 검색어 1위를 장식했다.

새로운 막내

만개한 '아틀리에'의 봄날을 알리는 셰프.

'요리와 미식에 관심이 있는 이들이라면 모두 한 번쯤은 최석현 셰프의 아틀리에를 들어 본 적이 있을 것이다. 최근 성공적으로 첫 번째 시즌을 마무리한 아틀리에는 앞으로 어떤 행보를 보일 것인지에 관해 모두의 귀추가 주목되어 있었다. 그리고 두 번째 시즌, 그의 선택은 모두의 예상을 깨고 또다시 도전하려는 듯한 모습이었다.'

'이미 시즌제라는 새로운 시도로도 모자라 경력 한 줄 없는 풋내기 셰프를 객원으로 데리고 오다니, 파격적이다 못해 실수가 아닌지 되묻고 싶어질 정도였다.'

'하지만 아틀리에 두 번째 시즌의 헤드 셰프 김도진은 오롯이 자신의 실력과 감각적인 센스를 이용해 우리 모두에게 너무나도 완벽한 봄을 선사했다.'

'잊을 수 없는, 특별한 봄을 맞이하기 위해서라면 지금 당장, 아틀리에로 향하기를 바란다.'

시식회 이후, 두 번째 시즌 시작 첫날.

강건희의 기사가 공개되자 아틀리에는 뜨거운 감자 그 자체가 되었다.

물론 그의 기사 때문만은 아니었다.

시식회에 당첨되어 참석했던 이들의 많은 후기와 인증 사진. 그리고 초대를 통해 시식회에 참석할 수 있었던 최석현 지인들의 SNS 계정에 올라온 글들까지.

모두 감탄과 찬사가 넘쳐흘렀다.

개중에는 방송 활동을 많이 하는 유명 셰프는 물론이고 미식을 즐긴다는 연예인도 있었기에 화제가 될 수밖에 없는 노릇이었다.

그렇게 '아틀리에'에 관한 이야기는 온갖 커뮤니티에서 오르내리기 시작했고, 이내 사람들은 무언가 이상한 것을 느꼈다.

'어떻게 이렇게 모든 이들이 하나같이 칭찬만 할 수 있지?'

시식회에 다녀왔다는 사람들의 글은 모두 하나같이 좋은 내용의 글들뿐이었다.

'시식회'라서 그런 건가?

그들의 글을 본 사람들은 대부분이 그런 생각을 했다.

저 정도 비주얼의 음식을 공짜로 맛볼 수 있다면 모두 좋은 평들을 올릴 것이라고.

하지만 그렇다기에는 최석현 셰프의 지인들 또한 평이 너무 좋았다.

다녀온 이들의 후기를 있는 그대로 받아들이고 '나도 꼭 가 봐야지.'라고 생각하는 사람들과, 칭찬밖에 없는 후기를 믿을 수 없다며 '짜고 치는 판이 분명해.'라고 생각하는 사람들.

그리고 사람들은 좋지 못한 글에 더욱 쉽게 동조했고 여기도 그런 생각을 하는 사람이 있었다.

창문이랑 창문은 죄다 암막 커튼으로 가려진 채 해가 들어올 만한 곳은 모두 가려져 있는 어느 방 안.

"하, 참나. 어이가 없네."

코웃음을 치며 강건희의 기사를 읽어 내리고 있는 한 사람이 있었다.

그의 이름은 김우진.

어느 날 갑자기 나타나 수많은 셰프에게 독설을 쏟아 내던 젊은 비평가였다.

김우진의 말은 날카로운 비수와도 같았고, 그가 쓰는 비평은 사람을 가리는 일이 없었다.

본인과 친한 셰프라고 해서 절대 입안의 혀처럼 굴지 않고, 자신이 세운 분명한 기준에 따라 그 가치를 논했기에 많은 이들이 그의 방문을 두려워하곤 했다.

하지만 그가 자신의 가게에 방문해 주기를 바라는 셰프들도 분명히 있었다.

그가 지적한 부분을 고쳐 가게를 새 단장 해서 다시 오픈하게 되면 이전보다 더욱 장사가 잘된다는 속설이 있기 때문이다.

그 정도로 김우진의 비평은 틀린 점을 찾을 수 없었기 때문에 아무도 그의 글에 반박할 수 없었고, 결론적으로 그가 칼럼을 올리는 개인 블로그의 가치는 천정부지로 오를 수밖에 없었다.

그리고 김우진은 그런 자신의 직업적 프라이드가 매우 강했다.

그렇기에 더욱 강건희의 기사를 보며 어이가 없을 따름이었다.

'명색이 미식 잡지 기자라는 사람이, 본인의 직업의식이 이렇게 없어도 되는 게 맞아?'

스크롤을 한참 내리며 이어진 강건희의 기사는 '아틀리에'의, 정확히 말하자면 객원 셰프 김도진에 대한 칭찬밖에 없었다.

누가 봐도 뻔한 밀어주기식 기사였다.

천재 셰프
회귀하다

고작 이제 곧 성인이 되는 어린애 하나 밀어주겠다고 이런 식으로 지인들을 이용해 인맥 장사를 하는 건 말도 안 되는 일이었다.

'이럴 줄은 몰랐는데, 결국 방송물 먹으면 다 똑같아지는 건가……'

최석현은 그래도 셰프로서의 프라이드를 가지고 있다고 생각했다.

믿고 있었기에 그의 도전을, 아틀리에의 첫 번째 시즌을 응원하고 있었건만, 정작 돌아온 게 이런 결과라니.

김우진은 불쾌한 표정을 하고는 달각거리며 몇 번의 클릭을 하더니, 이내 키보드 위에 손을 올렸다.

몇 없던 진짜 셰프의 몰락, 셰프테이너라는 신조어의 함정.

망설임 없는 타자로 타이틀을 작성한 김우진이 곧 내용을 이었다.

언제부턴가 식당 주방을 지켜야 할 셰프들은 주방이 아닌 TV 예능을 점령하고 있었다. 일각에서는 이렇게 예능 프로그램에 나와 요리하는 셰프들을 요리사(Chef)와 엔터테이너 (Entertainer)를 합성한 셰프테이너(Cheftainer)라고 부르기 시작했다.

음식을 만드는 일은 무척이나 진지하고도 엄격한 것인데도 불구하고 그것을 엔터테인먼트로 만든 것이다.

그리고 현재 많은 이들의 주목을 받는 아틀리에는 그 엔터테인먼트를 식당 주방으로 가지고 오려고 하고 있었다.

그 말을 시작으로 김우진은 최석현 셰프가 왜 김도진을 데리고 왔는지, 김도진이 과연 셰프로서의 충분한 역량을 가지고 있는 것인지에 대한 의문이 담긴 말들을 이었다.

최석현 셰프의 보여 주기식 후배 셰프 띄워 주기가 아닌가. 호평뿐인 시식회의 후기는 오로지 그들만의 리그 같아 보일 뿐이다.

과연 그들이 말한 것처럼 김도진의 요리가 그렇게나 맛이 있을 것인지는 직접 먹어 보기 전까지는 모를 일이었기에 필자는 조만간 아틀리에를 방문할 예정이다.

만약 그들이 말하는 것처럼 김도진의 요리가 정말 잊을 수 없는 특별한 봄을 만들어 주는 맛이라면, 필자의 다음 칼럼은 그의 주방 막내로 들어가 도대체 어떻게 하면 그런 맛을 낼 수 있는지에 대해 써 보겠다.

김우진은 마지막으로 한 줄을 적어 넣으며 씩 웃었다.
"좋아, 이 정도면 됐지."

그리고 완성한 원고를 자신의 블로그에 올린 그가 노트북을 덮고 자리에서 일어나는 잠깐 사이.

그가 올린 글은 김우진을 구독하는 수많은 이들에게 알림이 갔고, 순식간에 백 명이 넘는 조회 수가 찍혔다.

두 번째 시즌의 정식 오픈 첫날은 정신없이 흘렀다.

모두가 주목했던 두 번째 시즌의 시식회이 반응은 뜨거웠고, 그로 인해 많은 이들이 오픈 전부터 아틀리에의 테이블을 잡기 위해 끊임없이 전화를 해 댔다.

그뿐만이 아니었다.

손님들은 오픈 시간 전부터 가게 앞을 문전성시로 만들었다.

그 말인즉슨, 정말 쉴 틈 없이 바빴다는 말이었다.

하다못해 원래라면 브레이크타임에는 직원들이 식사를 챙기고 다음 타임의 재료를 준비해야 하는 것이 마땅한데, 오늘은 예상했던 것보다 더 많은 손님이 몰려 재료 손질을 하느라 밥도 제대로 챙겨 먹지 못한 채 일해야만 했다.

도진은 고생한 직원들을 바라보며 말했다.

"다들 첫날이라 정신없으셨을 텐데, 고생 많으셨습니다. 얼른 퇴근들 하세요."

"고생하셨습니다, 셰프님!"

직원들은 다들 녹초가 되어 있음에도 불구하고 모두 성공적인 시즌 시작이 기쁜 듯, 환한 얼굴을 한 채 퇴근을 위해 자리를 떠났으나…….

그런 이들 사이.

유일하게 심각한 얼굴로 핸드폰을 바라보고 있던 이가 있었으니.

"수림 씨, 퇴근 안 해요?"

"아니, 셰프님. 이거 좀 보세요. 진짜 억울해 죽겠네!"

무엇을 보고 그리 열이 받았는지 씩씩거리며 핸드폰을 내민 서수림에 도진이 헛웃음을 지으며 그가 내민 화면을 바라보았다.

'셰프테이너라는 신조어의 함정, 후배 셰프 띄워 주기, 객원 셰프의 역량 문제. 다 그럴듯한 내용인걸.'

쭉 읽어 내린 '아틀리에'를 향한 비평 칼럼의 공격 대상은 다름 아닌 도진이었다.

경력이 없는 어린 셰프에 대한 불신.

도진이 앞으로 헤쳐 나가야 할 현실적인 편견들이었다.

나이는 어찌할 수 없으나 경력에 관한 부재를 해결하기 위해 '아틀리에'의 객원 셰프직을 받아들인 것이었지만…….

'역시 어쩔 수 없나.'

당장에는 아무런 경력이 없는 게 사실이었기 때문에 이런 비판은 어쩔 수 없이 받아들여야만 하는 부분들이었다.

하지만 서수림은 그것을 받아들일 생각이 없는 듯했다.

"아니 셰프님, 이게 말이 되는 거예요? 진짜 먹어 보지도 않았으면서 왜 이렇게 추측성으로 안 좋은 말만 해 놓을 수가 있어요?"

화가 잔뜩 난 서수림이 씩씩거리며 말하자 장난기가 든 도진이 슬며시 웃으며 말했다.

"왜요, 수림 씨 저 처음 봤을 때랑 똑같은 것 같은데."

"아, 셰프님. 진짜…… 제가 진짜 죄송하다니까요. 제가 무릎 꿇을게요."

"아니, 일어나요. 장난이에요. 괜찮다니까 진짜."

"정말요? 셰프님 제가 그때는 진짜 정말 너무 죄송했어요."

장난의 말 한마디에 진심으로 무릎을 꿇으려던 서수림을 일으킨 도진은 몇 번이고 사과하는 그를 달래며 방금 전 비평의 마지막 문구를 떠올렸다.

김도진의 요리가 정말 잊을 수 없는 특별한 봄을 만들어 주는 맛이라면, 필자의 다음 칼럼은 그의 주방 막내로 들어가 도대체 어떻게 하면 그런 맛을 낼 수 있는지에 대해 써 보겠다.

비평가의 당돌하기 그지없는 도발이었다.

칼럼을 올린 지 며칠 지나지 않은 시점, 김우진은 친구와 함께 아틀리에를 찾았다.

"야, 너는 맛보지도 않은 가게를 그렇게 까야 했냐."

"뭐, 어차피 먹어 봐도 비슷할 것 같은데."

"어차피 예약해 둔 거 먹어 보고 나서 올려도 됐잖아. 괜히 시끄럽게."

그의 친구는 김우진이 괜히 시끄러운 일을 만들었다며 불평했다.

이런 일로 인해 가게가 사람들에 입에 오르내리면 자연스럽게 셰프의 기가 죽어 요리의 퀄리티가 들쭉날쭉하기 십상이라는 의견이었다.

하지만 김우진은 그 의견에 동의하지 않았다.

"이 정도 일에 기죽을 거면, 고작 그 정도밖에 안 된다는 말이지. 각설하고, 얼른 들어가자."

김우진은 친구를 이끌고 아틀리에 안으로 향했고……

"맛있네."

식사를 마친 뒤 가게에서 나온 그는 나직한 혼잣말을 하며 친구를 내팽개치고 빠르게 집으로 향해, 노트북을 열고 제목을 작성했다.

상아탑이 아닌, 아고라(Agora)에서 만날 수 있는 셰프

순식간에 제목을 완성해 낸 그는 쉬지 않고 바로 원고를 작성하기 시작했다.

예술은 도대체 무엇을 위한 것인가. 예술이란 분명 더욱 많은 사람들이 보고 평가하며 삶에 의미를 부여하기 위해 존재한다. 하지만 어느 새부터인가 파인다이닝의 요리들은 예술이라 취급되며 자리를 점점 줄이고 가격을 높여 문턱을 높여왔다. 이는 더 이상 예술이라 할 수 없었다.

하지만 필자는 오늘, 아틀리에의 예술가를 만나고 왔다.

비스트로인 아틀리에는 소비자들이 보다 쉽게 다가갈 수 있는 저렴한 가격에 파인다이닝에서나 볼 법한 심미적인 요리를 접할 수 있는 공간이었다.

김도진 셰프는 높은 문턱의 상아탑 안에서 단지 몇 명을 위해 요리하길 택하지 않았다. 자신의 예술을 모두가 모일 수 있는 아고라(Agora)에서 더욱 많은 이들이 맛볼 수 있도록 한 그의 선택에 감사한 마음을 보낸다.

앉은 자리에서 쉴 틈 없이 타자를 치던 그의 손이 드디어 멈췄고.

줄을 바꿔 본문과의 공백을 만든 김우진은 잠시 고민하다

마지막 한 줄을 적어 내린 뒤, 블로그에 글을 업로드하고는
노트북을 닫았다.

　그리고 많은 이들이 손바닥 뒤집듯 바뀐 그의 비평칼럼에
주목했다.

　아니 정확히는.

　　다음 칼럼은, 아틀리에의 주방 막내 생활로 만나 뵙겠습니다.

　그가 적은 칼럼 가장 마지막 줄에 이목이 쏠렸다.

　김우진이 비평을 올린 다음 날.

　그의 블로그에 올라온 비평칼럼을 본 많은 이들이 '아틀리
에'에 가지고 있던 부정적 의견은 대부분이 사그라졌다.

　다만 궁금증이 생겼다.

　'도대체 어떻길래 그 김우진이 이렇게까지 말하는 거지?
그리고…….'

　칼럼의 가장 마지막 줄.

　언제나 다음 칼럼에 대한 예고를 남기던 그가 남긴 한마
디.

다음 칼럼은, 아틀리에의 주방 막내 생활로 만나 뵙겠습니다.

그 말은 다시 한번 사그라들었던 아틀리에의 화제성에 불을 붙이는 꼴이었다.

도무지 이해할 수 없는 그의 마지막 말에 평소에는 댓글을 달지 않았던 이들마저 머릿속에 떠오른 물음표를 참지 못하고 물어볼 지경이었다.

┗그래서 아틀리에 주방 막내가 된다고?

┗갑자기 웬 주방 막내? 설마 지난번 칼럼에서 진짜 맛있으면 주방 막내로 들어가겠다고 그런 거 지킨다고 그러는 거야?

┗와, 진짜 대단하다. 한다면 하는구나.

여론은 반반으로 나뉘었다.

설마 김우진이 정말로 '아틀리에'의 주방 막내로 들어가겠냐는 이들과, 다음 칼럼 내용으로까지 예견했는데 본인이 한 말은 지킬 것이라는 이들.

과연 다음 칼럼이 어떤 제목으로 올라올 것인가에 대한 의견이 분분한 가운데.

도진은 아무것도 모른 채 '아틀리에'로 출근했다.

"좋은 아침입니다."

여느 때와 다름없이 밝게 아침 인사를 건넨 도진은 어쩐지 주방의 분위기가 평소와는 다른 것을 느끼고 수 셰프인 김명호를 찾았다.

"수 셰프, 오늘 무슨 일 있어요?"

"아…… 그, 이걸 뭐라고 말해야 할지……."

김명호는 그저 말을 얼버무리며 난감한 표정을 지었고, 정작 도진이 궁금해하던 질문의 답은 다른 곳에서 나왔다.

"셰프님! 지금 홀에 누가 와 있는지 아세요? 와, 진짜 대박이라니까요."

온갖 호들갑을 떨며 다가온 서수림은 정말 믿을 수 없다는 듯 도진에게 말을 걸었다.

도대체 이렇게까지 큰 반응이 나올 정도의 인물이 누구인지 알 수 없었던 도진은 서수림에게 되물었다.

"도대체 누가 왔길래 그런 반응이에요?"

"김우진요!"

"김우진? 그게 누군데요?"

"아니, 셰프님 제가 저번에 보여 드렸잖아요! 기억 안 나세요?"

답답한 듯 가슴을 치며 말하는 서수림의 모습에 도진이 골몰하기를 잠시.

문득 머릿속을 스쳐 지나간 인물에 도진이 '아!' 하고 짧은 단말마와 함께 서수림을 바라보며 말했다.

"비평가! 맞죠? 그때 우리 가게 안 좋게 썼던."

칼럼을 보여 주며 자신이 욕을 먹은 사람처럼 길길이 날뛰던 서수림의 모습이 떠올랐던 도진은 당시의 상황이 떠올라 장난스럽게 웃으며 말을 이었다.

"수림 씨가 저를 처음 봤을 때처럼 편견이 가득했던 그?"

"아니, 제가 진짜 잘못했다니까요. 셰프."

자신의 말에 잔뜩 울상을 지은 서수림의 모습에 웃음을 터트린 도진이 그를 토닥였다.

"그래서, 그 사람이 지금 와 있다고요?"

"네, 그 사람요! 그렇게 별로라면서 적어 놓고는 무슨 낯짝으로 왔는지."

도진의 토닥임에 금세 기운을 차린 서수림이 그를 이끌더니 김우진이 앉아 있는 홀의 자리를 가리키며 말을 이었다.

"저기 앉아 있는 거 보이세요? 글쎄 막내가 출근하기 전부터 기다린 것 같다고 그러더라고요. 저희 드나드는 뒷문은 어떻게 알아서는 그 앞에서 기다리고 있었다는 거 있죠."

"네? 그렇게 일찍요?"

서수림의 말에 깜짝 놀란 도진이 김명호를 보며 물었다.

"왜 온 건지는 물어봤어요?"

"그게, 저도 물어봤습니다만……."

난감한 표정으로 대답을 마무리 짓지 못하는 김명호 대신 대답을 한 건 서수림이었다.

"셰프님 오시면 얘기하겠대요! 어차피 직원 총괄 관리는 셰프님이 하시는 거 아니냐고 그러던데요."

당차게 대답하는 서수림의 목소리에 도진은 두통이 오는 듯한 기분이 들었다.

'도대체 이게 무슨……'

도진은 김명호와 머리를 맞대고 대책 회의를 했지만, 나오지 않는 해답에 결국 직접 부딪쳐 보기로 마음먹었다.

홀 테이블 한편에 앉아 있는 김우진은 허리를 꼿꼿하게 편 채 바른 자세를 하고 있었다.

조심스레 그를 살핀 도진은 깐깐해 보이는 그의 이미지에 어쩐지 쉽지 않을 것만 같은 느낌이었지만 애써 표정을 숨기며 인사를 건넸다.

"안녕하세요. 헤드 셰프 김도진입니다. 찾으셨다고 들었습니다만."

"네, 안녕하십니까. 푸드 칼럼 쓰는 김우진입니다."

이내 정면으로 마주한 그는 조금 퀭한 눈에 호리호리한 체형이 눈에 띄는 사람이었다.

하루에 한 끼도 겨우 먹을 것 같은 이미지라 그런 것일까.

도진은 자신의 눈앞에 서서 악수하기 위해 손을 건넨 김우진의 삐삐 마른 손을 보며 생각했다.

'도무지 맛을 즐기는 사람처럼 보이지는 않는데.'

음식은 살기 위해 어쩔 수 없이 먹을 것만 같은 그가 미식을 즐긴다니.

믿을 수가 없는 노릇이었지만 도진은 그가 내민 손을 맞잡고 위아래로 천천히 흔들며 본론을 꺼냈다.

"바쁘신 분인 것 같은데, 이렇게 이른 시간에 여기까지는 어쩐 일로 오신 거죠?"

"일하러 왔습니다."

"네?"

도진은 생각지도 못한 대답에 당황스러운 얼굴을 감추지 못했다.

"뭘 하러 오셨다고요?"

"일. 하러 왔습니다."

자신이 들은 게 맞는지 알 수 없는 도진은 어리둥절한 표정을 한 채 그 이유를 다시금 되물을 수밖에 없었다.

"여기 일 하러 오셨다고요? 왜요?"

그 물음에 오히려 이해할 수 없다는 듯한 표정을 지은 김우진이 도진에게 물었다.

"제 글 안 읽어 보셨습니까?"

"무슨…… 혹시 칼럼 말씀하시는 건가요?"

"네, 가장 최근에 올린."

"잠시만요."

도진은 김우진의 말에 핸드폰을 꺼내 들고 그의 칼럼을 찾았다.

상아탑이 아닌, 아고라(Agora)에서 만날 수 있는 셰프

가장 최근에 올라온 글의 제목을 확인한 도진은 빠르게 그글을 읽어 내렸다.
그리고 이내.
김우진이 자신의 눈앞에 서 있는 이유를 알 수 있었다.

다음 칼럼은, 아틀리에의 주방 막내 생활로 만나 뵙겠습니다.

그의 글 가장 마지막 줄, 다음 칼럼을 예고하는 내용은 마치 아틀리에가 제집인 양 드나드는 사람처럼 가뿐한 문제로 적혀 있었다.
도진은 손에 쥔 핸드폰 화면과 김우진을 번갈아 가며 보다가 물었다.
"이거 진심으로 적은 겁니까?"
"네, 진심입니다만."
"아니, 김우진 씨는 이게 말처럼 그렇게 쉬운 일입니까?"
"아차, 제가 이런 일이 익숙하지 않아서요. 이력서라도 가지고 왔어야 했는데 죄송합니다."

도진은 자연스럽게 말을 잇는 김우진에 어처구니가 없었다.

　"저희 주방 인원은 충분한데요?"

　"무급으로 일할 수 있습니다."

　"그게 중요한 게 아닌데요."

　"아, 이력서가 없으니 자기소개부터 먼저 할까요?"

　그렇게 말한 김우진은 도진에게 자기소개를 시작했다.

　"푸드 칼럼니스트로 활동하고 있는 김우진입니다. 나이는 서른한 살이고, 푸드 칼럼을 쓴 지는 7년째이며 나름 많은 독자를 보유하고 있으며……."

　도저히 물러날 기색조차 없이 말을 이어 가는 김우진의 모습에 한숨을 쉰 도진이 그의 말을 듣다 문득 떠올렸다.

　'그래, 김우진이 내 곁에서 직접 일하는 과정들을 지켜보고 칼럼으로 쓰게 되면 앞으로 이런 편견을 가진 채 왈가왈부하는 이들이 적어지겠지.'

　그런 생각으로 도진은 김우진을 바라보며 물었다.

　"할 줄 아는 거 있어요?"

　"네? 어떤 거요?"

　"주방 일, 해 본 적 있으시냐고요."

　도진은 아무 말 없이 자신을 바라보는 김우진을 데리고 주방으로 향했다.

　그리고 프랩 구역 앞에 그를 세운 뒤 말했다.

"제가 보여 드릴 테니까 한번 따라 해 보세요."

그 말을 끝으로 껍질을 까서 기본적인 손질을 끝낸 양파를 하나 집어 들고 빠르게 채를 썰었다.

타다다다다다다다닥!

도진의 칼이 춤을 추듯 빠르고 정확하게 움직였다.

지켜보고 있던 김우진은 미동도 없는 표정으로 감탄했다는 듯 작게 손뼉을 쳤다.

"와― 역시 셰프님이시네요."

"자, 이제 김우진 씨. 한번 해 보시겠어요?"

고작 주방 막내이니 이런 일들을 시키면 되리라 생각했다.

그리고 그 기대에 부응하듯 김우진은 당차게 대답하며 오른손에 칼을 쥐었다.

"네. 셰프님만큼은 아니어도, 한번 해 보겠습니다."

도진은 어디서 본 건 있는지 그럴듯한 자세로 칼질할 준비하는 김우진의 모습에 조금 기대했다.

그러나 이어진 그의 칼질은 처참하기 그지없었다.

'이거 장난이지……?'

분명 천천히 썰었음에도 삐뚤빼뚤한 양파는 제각기 다른 모양에 난도질이라도 당한 듯한 비주얼이었다.

암담한 심정에 도진은 자신이 본 게 맞는지 다시금 확인했다.

하지만 정말 진심으로 노력한 듯 김우진은 이마에 흐르는 작은 땀방울을 닦고 도진을 바라보며 말했다.

"다 했습니다."

도진은 차마 퀭했던 눈이 뿌듯한 듯 생기가 가득해져 자신을 바라보는 김우진에게 냉정한 현실을 일깨우는 것이 쉽지 않아 잠시 말을 고른 뒤 조심스럽게 물었다.

"혹시…… 제일 잘하는 게 뭡니까?"

그 물음에 잠시 고민하던 김우진이 도진을 바라보며 대답했다.

"먹는 거, 잘합니다."

도진은 한숨을 크게 내쉬었다.

김우진은 자신이 한 말은 지켜야만 하는 사람이었다. 그렇기에 이번에도 자신이 한 말을 꼭 지켜야만 했다.

김도진이 문을 연 아틀리에의 두 번째 시즌은 훌륭했다.

어쩌면 무난했던 첫 번째 시즌에 비해 좀 더 확실한 콘셉트로 잡은 두 번째 시즌은 손님들에게 더 인상 깊은 순간을 선사할 수 있을 것 같다는 생각도 들었다.

아니, 모두 다 떠나서 근본적으로 김도진의 요리가 맛있었다.

근래에 들어 먹었던 요리 중에 손에 꼽을 만큼 기억에 남는 요리였다.

　김우진은 자신이 일전에 적은 말을 똑똑히 기억하고 있었다.

　그렇기에 '아틀리에'에서 식사를 마친 뒤 그에 대해 작성한 칼럼에서 다시 한번, 그 말을 지키기 위한 말을 적었다.

　'다음 칼럼은, 아틀리에의 주방 막내 생활로 만나 뵙겠습니다.'

　그리고 칼럼을 올린 다음 날.

　바로 오늘.

　김우진은 자신이 한 말을 지키기 위해 '아틀리에'로 출근한 것이다.

　"셰프님, 저를 주방 막내로 써 주시면 감사하겠습니다."

　"제가 왜요?"

　"그야 저는 고급 인력이고, 무급으로 일할 준비가 되어 있으니까요?"

　"칼질도 못 하시는데 제가 김우진 씨를 어디 써요. 잘하는 게 도대체 뭡니까? 먹는 거 빼고."

　"글쎄요. 공부라면 좀 했는데……."

　하지만 인생은 언제나 내 맘처럼 되지 않는다고 했던가.

　무슨 일이든 하겠다는 큰마음을 먹고 온 것이 무색하게도 도진은 그를 보며 한숨을 쉬고는 '그냥 가세요.'라고 말할 뿐이었다.

하지만 여기서 뜻을 굽힐 김우진이 아니었다.

그는 대쪽 같은 태도를 고수했다.

"설거지라도 하겠습니다."

그렇게 입게 된 방수 앞치마와 고무장갑은 퍽 마음에 들었다.

이전에는 한 번도 착용해 볼 일이 없었으나, 물이 튀어도 옷이 젖지 않는 게 아주 성능이 좋았다.

쨍그랑—!

물론 오래 입고 있진 못했다.

"죄송합니다. 비용은 따로 청구해 주세요."

익숙하지 않은 설거지는 실수 연발이었고, 결국 그릇을 세 개나 깨트린 그는 고무장갑을 벗을 수밖에 없었다.

'그래도 칼질보다는 더 잘한 것 같은데.'

아쉬움에 입맛을 쩍 다시며 흘기듯 고무장갑을 보는 김우진을 보며 도진이 한숨을 쉬고 말했다.

"일단 지금은 오픈 준비해야 해서 바쁘니까 거기 잠깐 계세요."

그 말에 패스 옆 벽면에 붙을 듯 가만히 선 김우진이 문득 깨달았다는 듯 '아.' 하며 입을 뗐다.

"셰프님, 저 잘하는 거 하나 더 있습니다. 먹는 거 빼고."

"뭡니까."

"가만히 있는 거요."

김우진의 대답에 도진은 할 말은 많지만, 하지 않겠다는 듯 그를 외면했고…….

그런 도진의 마음을 아는지 모르는지 김우진은 묻지도 않은 말을 덧붙였다.

"제가 명상이 특기입니다."

한숨이 절로 나오는 도진이었다.

주말의 아틀리에는 정신없이 바빴다.

휴일의 달콤함을 맛보기 위해서인지 가득 찬 예약은 물론이고 가게 밖으로 쭉 줄 서 있는 대기 손님까지 오늘따라 유독 많이 몰려 있었다.

그 덕분에 홀은 유난히 더 북적거리는 듯했고, 결국 도진은 브레이크타임에도 쉬지 못한 채 런치타임에 떨어진 재료들을 손질하고 채워 넣는 데에 시간을 할애해야만 했다.

디너도 별반 다르지 않았다.

대기 줄은 어느새 또 길어졌고, 예약 손님들은 모두 어찌나 빨리 왔는지 5분, 10분씩 미리 와서 자리를 안내받길 기다리고 있었다.

홀이 가득 찬 만큼 주방은 더 바빴다.

"후우−."

도진은 몰아치는 손님에 숨을 크게 내쉰 뒤, 다시금 쉴 틈 없이 출력되는 주문서를 크게 읽어 내려갔다.

"테이블 7번 연어 샐러드 하나, 관자 하나, 참나물 봉골레 파스타 하나!"

그의 말이 끝나기 무섭게 모든 주방 직원들은 큰 목소리로 '예! 셰프!'라며 대답했다.

한 사람의 목소리처럼 느껴질 정도로 일제히 대답하는 주방 직원들은 마치 잘 훈련된 군인처럼 느껴졌다.

도진은 들어온 주문이 나갈 순서를 눈으로 정리하며 그릴 파트의 *라인쿡(Line cook : 파트별로 나누어져 있는 라인의 직접적인 요리를 하는 요리사)을 향해 물었다.

"6번 스테이크 마무리 얼마나 걸려요?"

"4분입니다!"

"오케이, 4분! 파스타 맞춰서 나갈 수 있게 준비해 주세요!"

"예, 셰프!"

이제 두 번째 시즌의 오픈 2주 차에 접어든 만큼 손발이 착착 맞기 시작한 직원들과 도진은 짧은 몇 마디의 말로도 순식간에 주문을 쳐 낼 수 있게 되었다.

하지만 손님들도 그것을 아는지 프린터는 쉬지 않고 윙윙거리고 있었다.

주문과 주문 사이의 쉴 틈은 사라지고 하나의 주문이 출력

되고 나면 기다리고 있었다는 듯 곧바로 다음 주문서가 출력됐다.

"6번 테이블 제외하고도 채끝 스테이크 총 세 개 더 들어가야 하니까 미리 준비해 두세요. 2번, 3번 파스타 한꺼번에 나갈 거니까 지금 같이 들어가 주시면 될 것 같습니다. 그리고……."

도진은 흘러넘치는 주문서를 빠르게 눈을 흘기며 파악한 뒤 속도를 높이기 시작했다.

수 셰프인 김명호는 그의 옆에 서서 빠르게 패스(pass)로 오는 음식들을 쳐 내기 위해 접시를 꺼내 들고 플레이팅을 준비하며 도진을 보좌했다.

시간은 어느덧 9시 20분을 넘어가고 있었고 도진은 마지막 주문서임을 확인한 뒤 직원들을 향해 외쳤다.

"자, 오늘 라스트 오더! 테이블 12번 관자 하나, 스프 하나, 봄꽃 파스타 하나, 숄더렉 스테이크 하나입니다."

"예! 셰프!"

"10번 테이블 것까지 관자 두 개, 스프 하나 나가면서 숄더렉 들어가면 파스타 준비하겠습니다. 마지막이니까 조금만 더 힘냅시다!"

"예! 셰프!"

모든 전달을 마친 도진이 패스로 몸을 돌려 플레이팅을 대기 중인 접시들을 하나씩 처리해 나갔다.

파인다이닝처럼 미세하고 세심한 손길까지는 필요 없었지만, 최대한 모든 손님에게 동일한 퀄리티의 음식을 대접하고 싶었기에 마지막까지 도진은 최선을 다했다.

"12번! 서비스!"

도진이 그릇의 테두리에 묻은 소스를 닦아 내며 외치자, 대기하고 있던 서버가 성큼성큼 다가와 접시를 들고는 목을 빼고 기다리는 손님들에게 향했다.

그 모습을 지켜보던 도진이 이마를 타고 흐르는 땀방울을 거친 손등으로 닦아 냈다.

'오늘도 무사히 하루가 갔군.'

이제 머지않아 돌아오는 빈 그릇들을 정리하고 주방을 청소하기만 하면 '아틀리에'의 일과가 끝날 예정이었다.

손님이 모두 나가지 않았기 때문에 시끄러운 마감 청소는 무리였지만 빠른 마감 청소를 위해 정리는 시간이 날 때 해 두는 게 좋았기에 도진은 일찌감치 주방 직원들에게 지시했다.

"다들 슬슬 자기 라인 마무리합시다! 고생 많았습니다."

그러고는 패스 구역을 정리하기 위해 몸을 돌리던 찰나.

구석진 곳에 희미하게 보이는 실루엣에 귀신이라도 본 듯 깜짝 놀란 도진은 '허억' 하며 크게 숨을 들이켰다.

그리고 마음을 진정시킨 뒤 다시 본 그곳에는 귀신도, 도깨비도 아닌 김우진이 서 있었다.

도진이 안도의 한숨을 내쉬며 물었다.

"하…… 거기서 뭐 합니까?"

"셰프님이 가만히 있으라고 하셔서요. 적당히 걸리적거리지 않는 곳에서 가만히 있었습니다."

어디서 꺼낸 건지 알 수 없는 손바닥만 한 노트에 무언가를 휘갈기고 있던 김우진이 손을 멈추고 고개를 들어 도진의 물음에 답했다.

도진은 그 모습에 말문이 턱 막혔다.

'가만히 있는 거 잘한다더니, 진짜였네…….'

주말에다가 예약 손님도 있었던지라 할 일이 많아 잠깐 서 있으라고 했던 걸 완전히 잊고 있었다.

너무 오래 기다리게 한 게 내심 미안했던 도진이 김우진에게 사과하며 말했다.

"제가 바빠서 미처 신경 쓰지를 못 했네요. 얘기하고 들어가시지 그랬어요."

"아닙니다. 앞서 말씀드렸다시피 저 기다리는 거 잘합니다. 그리고……."

김우진이 잠시 머뭇거리더니 말을 이었다.

"막내는 제일 늦게 퇴근해야 한다고 들었습니다."

직장 생활이라고는 전혀 해 보지 않은 듯한 김우진의 모습에 도진은 기가 찬 듯 '허–.' 하고 한숨을 내뱉으며 말했다.

"알아서 하세요."

그러자 김우진은 도진의 말이 만족스럽다는 듯 미소를 지으며 대답했다.

"네, 알겠습니다."

그 모습에 도진은 포기했다는 듯 고개를 절레절레 저었다.

정신없이 돌아가던 주방은 언제 그렇게 시끄러웠냐는 듯 조용했다.

마치 언제 사용했었냐는 듯 모든 스테인리스 식기류는 반짝거리며 빛나고 있었고, 스틸 냄비와 팬은 각 스테이션마다 자기가 있어야 할 곳에 정렬되어 있었다.

김우진은 조용한 이 주방이 불과 몇 시간 전, 전쟁터를 방불케 했던 그 공간과 같은 곳인지 의심이 들었다.

같은 것이라고는 단 하나, 여전히 패스 앞에 서 있는 도진의 모습이었다.

그는 패스 위에 이런저런 서류들을 잔뜩 늘어놓은 도진을 바라보았다.

모두 퇴근한 시간인 데도 홀로 남아 수 셰프에게 받은 자료를 훑어보고 있는 이 어린 셰프는 모든 일이 너무 능숙했다.

서류를 확인하는 모습은 물론이고, 주방의 최전선에서 진두지휘하던 그의 모습은 마치 오랜 세월 전쟁터를 휘어잡으며 승전보를 울리는 게 익숙한 대장군처럼 느껴졌다.

'나이에 맞지 않는 카리스마에 통솔력까지, 도대체 어디서 이런 인물이 튀어나온 거지?'

한참 서류를 뒤적이던 도진은 그런 김우진의 따가운 시선을 느낀 건지 그를 향해 몸을 돌려 선 채 물었다.

"김우진 씨, 도대체 언제까지 그러고 있을 겁니까?"

"셰프님이 퇴근하실 때까지요?"

"저는 오늘 좀 늦게 들어갈 것 같으니 얼른 들어가세요."

"그럴 수는 없습니다."

양보라고는 찾을 수 없는 두 사람의 팽팽한 대립이 이어지며 눈을 맞춘 두 사람 사이에 정적이 흘렀다.

적막한 분위기를 먼저 깬 것은 김우진이었다.

도진을 바라보고 있던 그가 조심스럽게 입을 열었다.

"셰프님은 언제부터 요리를 만드셨습니까? 아니, 좀 더 정확히 말하자면 언제부터 셰프가 되고 싶으셨죠?"

"글쎄요. 생계를 위해 시작한 주방 일이었는데, 요리라는 게 참 매력적으로 느껴지더라고요. 게다가 이쪽으로 재능도 있었고…….."

도진은 잠시 고민하다 답을 했고 잇따라 김우진에게도 같은 질문을 던졌다.

"그러는 김우진 씨는 언제부터 칼럼을 쓰기로 마음먹은 겁니까?"

"제가 말하는 것보다는 글을 더 잘 쓴다는 것을 처음 알게 된 그날부터요."

김우진은 자신이 가장 처음으로 제대로 된 글을 썼던 날을 떠올렸다.

"제가 제대로 썼던 가장 첫 글은 편지였습니다."

"편지요? 부모님에게라도 썼던 건가요?"

"아니요, 가정부로 일하던 아주머니께 썼던 편지였습니다."

어느새 서른한 살이 된 김우진은 세월의 무상함을 느끼며 초등학교 3학년, 열 살이었던 그때를 회상했다.

김우진은 소위 말하는 부잣집 도련님이었다.

유복한 가정환경 덕에 하고 싶은 일은 다 해 보고 자랐던 그는 모든 일이 쉬웠다.

바빴던 부모님은 어린 아들과 함께 시간을 보내 주지 못한다는 그 부채 의식 탓인지 김우진의 말이라면 무엇이든 들어 주었기 때문이다.

그런 그가 아무리 떼를 쓰더라도 안 되는 게 있다는 것을 처음으로 알게 된 것은 어린 자신을 항상 따뜻하게 품어 주었던 가정부가 관둔다는 것을 알게 된 날이었다.

어렸을 때부터 유독 입맛이 까다로워 온갖 비싸고 좋은 맛있는 음식들을 다 대령해도 고개를 '팽' 하고 돌리며 반찬 투정을 일삼았던 김우진을 유일하게 타이르며 밥을 먹였던 사람.

부모님보다도 더 오랜 시간을 함께하며 유대감을 쌓으며 어린 김우진에게 '할머니'와 같은 존재가 되어 주었던 이였다.

"그분이 편지를 읽고는 그러시더군요. 저는 본인 주관이 뚜렷한데 글을 이렇게 잘 쓰니, 제 생각을 글로 써 내려가는 일을 해도 좋겠다고 말입니다."

"그럼 작가나 기자도 있었을 텐데, 어쩌다 평론가가 된 거죠?"

김우진은 도진의 물음에 잠시 고민하다 대답했다.

"작가가 되기에는 상상이 부족하고, 기자가 되기에는 용기가 부족해서 말입니다. 마침 제가 혀는 좀 예민한 편이라 덕분에 이렇게 먹는 걸 글로 써서 먹고살 수 있게 되었네요."

"지금의 김우진 씨를 있게 해 준 분이군요."

"맞습니다. 제가 친할머니처럼 따랐던 분이에요. 이 일을 하게 되면서 온갖 맛집을 다녔는데, 지금껏 먹었던 음식 중 다시 먹고 싶은 메뉴가 있냐고 물으면 저는 여전히 그분이 해 준 김치볶음밥이 가장 먼저 떠오릅니다."

한참 김우진의 말을 듣고 있던 도진의 귀가 관심이 있다는 듯 귀를 쫑긋했다.

"김치볶음밥요? 어지간하면 다 맛이 비슷하지 않은가요?"

"맛있다는 가게는 다 가 보고 친한 셰프들에게도 만들어 달라고 부탁해서 먹어 봤는데, 그 맛은 안 나더군요."

"그거 재밌네요."

도진이 흥미롭다는 듯 김우진을 향해 몸을 기울이며 말했다.

"오늘 제대로 식사도 못 하셨죠? 제가 만들어 드리겠습니다. 그 김치볶음밥."

김우진은 호기로운 도진의 도전에 코웃음을 쳤다.

"그게 가능할까요? 지금껏 적지 않은 분들이 도전했는데 다 실패했습니다. 저희 집 요리사부터 시작해서 유능한 파인 다이닝 셰프님들까지……. 아무도 성공하지 못했는데요."

"일단 해 보는 거죠. 배도 고프실 텐데, 설명이나 해 주세요."

당돌하게 말하는 도진의 모습에 김우진은 그제야 밀려오는 허기를 눈치채고 민망한 듯 주린 배를 쥐고 설명을 시작했다.

"일단 기본적으로 사용된 김치랑 양파, 다진 마늘, 고춧가루……."

가장 기본적으로 들어간 재료부터 시작해서, 김치볶음밥의 향, 식감, 그리고 맛까지.

자신이 기억하는 모든 것을 자세하게 설명한 김우진은 못 미더운 듯 도진을 바라봤지만, 그는 어쩐지 자신감이 넘치는 듯한 표정을 하고 있었다.

도진은 냉장고에서 직원들의 반찬용 김치를 꺼내 들고는

부속 재료들을 챙겨 볶음밥용으로 재료들을 손질했다.

그리고 얼마 지나지 않아 금세 먹음직스러운 김치볶음밥을 완성해 낸 도진은 자신만만한 표정으로 김우진에게 들이밀었다.

"자, 드셔 보시죠."

도진이 거침없는 손길로 먹음직스럽게 만들어 낸 김치볶음밥을 본 김우진은 침을 꿀꺽 삼켰다.

그도 그럴 것이.

'익숙한 향이다.'

기억 속에 남아 있던 그 김치볶음밥의 향이 김우진의 코를 자극하고 있었다.

김우진은 도진이 내민 수저를 쥐고 김치볶음밥을 한 숟가락 입에 물고 조심스럽게 음미하기 시작했다.

이윽고.

입안에 있던 김치볶음밥을 삼킨 김우진이 도진을 바라보며 물었다.

"어떻게 한 거죠?"

고소한 버터의 향이 김치의 매콤한 향과 어우러져 코끝을 간지럽혔다.

천재셰프
회귀하다

김치와 함께 볶아진 고슬고슬한 밥알이 알갱이마다 촉촉하게 수분을 머금은 상태로 입안에서 춤을 추었다.

　'맞아, 딱 이 정도였어.'

　어린아이였던 당시 먹기에도 너무 자극적이지 않은 적당한 매콤함.

　김치와 비슷한 크기로 깍둑썰기한 양파는 노릇하게 볶아져 은은한 단맛을 내고 있었다.

　매운 것을 먹지 못하는 사람도 먹을 수 있도록 매콤한 맛과 단맛이 훌륭하게 조화를 이루는 맛이었다.

　'부드러운 밥알과 아삭한 김치의 식감이 어우러져 단조롭지 않은 맛이야.'

　너무 과하게 익혀 김치가 물러지지 않도록 한 덕분에 식감이 살아 있어 씹는 맛이 즐거웠다.

　게다가…….

　씹을수록 올라오는 잘 익은 김치의 새콤한 맛은 침샘을 자극해 입맛을 돌게 했다.

　고작 몇 번의 숟가락질로는 멈출 수 없는 맛이었다.

　하지만 김우진의 머릿속에 맴도는 의문이 그의 손을 멈칫하게 했다.

　'어떻게?'

　지금껏 이렇게 똑같은 맛을 구현해 낸 사람은 없었다.

　혀끝에 남아 느껴지는 맛을 음미하며 간신히 더 먹고 싶다는 욕구를 참아 낸 김우진은, 이 궁금증을 당장이라도 해소하기 위해 도진을 향해 몸을 돌려 물었다.

"도대체 어떻게 한 거죠?"

"김우진 씨가 설명한 대로 만들었습니다."

"하지만, 보통은 고소한 버터의 풍미가 김치 본연의 맛보다 더 크게 느껴져 대부분 제가 기억하는 그 김치볶음밥의 맛을 내지 못했습니다."

의문이 가득한 김우진의 물음에 도진이 장난스러운 표정으로 거드름을 부렸다.

"이 정도는 해야 셰프라고 할 수 있지 않겠어요?"

"어떻게 하신 건지 빨리 알려 주세요."

김우진은 그런 도진의 말에 안달이 난 사람처럼 재차 물었다.

그 모습에 도진이 피식 웃으며 대답했다.

"마가린입니다."

"네? 마가린요? 버터가 아니라……?"

생각지도 못한 정답이었기 때문일까.

답을 들은 김우진의 얼굴에는 물음표가 가득 떠올랐다.

그는 자신이 들은 게 맞는지 확인하려는 듯 다시금 도진을 향해 되물었다.

"네, 마가린이 맞습니다."

도진의 말을 들은 김우진은 자신이 알고 있던 세계가 부정

당한 듯한 표정을 지었다.

"마가린, 제대로 먹어 본 적 없으시죠?"

김우진은 도진의 물음에 대답하기 위해 곰곰이 생각하다 이내 깨달았다.

"그러네요. 지금껏 한 번도 마가린이라는 것을 알고 먹어 본 적은 없는 것 같습니다."

"대부분이 더 풍미가 좋은 버터를 택하겠지만, 마가린도 생각보다 맛이 나쁘지 않습니다. 버터보다 풍미는 좀 떨어질지언정 인공 버터 향의 고소함과 함께 너무 과하지 않은, 담백한 맛이 있죠."

"대단하군요. 어떻게 알아낸 겁니까?"

김우진은 자신의 설명을 통해 그런 미세한 부분까지 알아챈 도진의 능력에 놀란 눈으로 그를 바라보았지만, 도진은 그의 눈빛을 피하며 머쓱하게 웃어넘겼다.

"하하, 그냥 뭐……. 저도 김치볶음밥을 좋아해서요."

전생의 유학 시절.

도진은 고향이 그리울 때면 어머니의 레시피를 떠올리며 김치볶음밥 만들어 먹곤 했다.

아무런 부가적인 재료 없이 오롯이 유학길에 오를 때 가지고 왔던 김치와 밥만을 볶아서 해 먹었던 김치볶음밥은 어머니가 해 주셨던 그 맛을 내기 쉽지 않았다.

그러다 하루는, 그 맛이 너무 그리워 큰마음을 먹고 어머니가 해 주셨던 레시피 그대로 만들기 위해 여러 재료를 골라 담은 뒤.

마지막으로 김치볶음밥 위에 항상 올려 주셨던 사각형의 작은 버터 한 조각을 떠올리곤 버터를 사기 위해 가격을 확인했으나…….

그리 비싸지 않은 가격이었음에도 모든 재료를 담은 뒤 남은 돈으로는 턱없이 부족했다.

그런 가난한 유학생이었던 도진의 눈에 들어온 것이 버터 바로 옆에 진열되어 있던 마가린이었다.

이러한 우여곡절이 있었기에 김우진이 그리워했던 김치볶음밥의 맛을 재현해 낼 수 있었던 도진이었다.

하지만 그런 속사정에 대해서는 아무것도 알 수 없었던 김우진은 그저 도진의 실력에 감탄할 수밖에 없었다.

"감사합니다. 셰프님 덕분에 오랜만에 그리운 기억을 떠올릴 수 있게 되었네요."

김우진은 어린 시절의 향수를 자극하는 맛에 더 이상 볼 수 없는 애틋한 얼굴을 떠올렸다.

김우진이 어린 시절 이미 육십이 넘은 나이로 은퇴하게 된 가정부였다.

그가 나이를 먹은 뒤에는 이미 만나고 싶어도 만날 수 없는 곳으로 떠난 그녀였다.

그렇기에 다시는 먹을 수 없을 것만 같았던 맛이었지만,

지금 자신의 눈앞에 이렇게 놓여 있었다.

누군가가 먹기에는 그냥 보통의 김치볶음밥이었지만 그 안에 추억이 깃들었기에 맛은 더욱 풍요롭고 다채로워진다.

아련한 추억에 휩싸인 김우진이 김치볶음밥을 바라만 보고 있자 도진이 그를 향해 말했다.

"자, 얼른 마저 드시죠."

그 말에 김우진은 도진에게 고개를 숙여 꾸벅 인사한 뒤 다시금 숟가락을 들었다.

그리고 며칠은 굶은 사람처럼 허겁지겁 김치볶음밥을 먹어 치웠다.

이윽고.

설거지라도 한 것처럼 깨끗해진 빈 그릇 위에 숟가락을 겹쳐 놓은 김우진은 도진을 향해 다시 한번 고개를 숙이며 말했다.

"고맙습니다."

진심이 가득 담긴 인사였다.

김우진은 오늘 하루를 통해 지금껏 자신이 생각했던 도진에 대한 이미지가 편견에 휩싸인 것이라는 것을 인정했다.

나이가 어리다고, 경력이 없다고 그를 멋대로 깎아 내렸다.

'내가 생각이 짧았어. 겪어 보지 않으면 모르는 일인데.'

하지만 엎질러진 물은 다시 주워 담을 수 없듯이, 이미 자신이 올린 글은 수많은 이들에게 퍼졌다.

자신이 그의 이미지에 한 겹 더 프레임을 씌워 버린 것이다.

미안하다는 말 한마디로 끝낼 수 없는 일이었다.

김우진은 그렇기에 도진에게 꼭 해야만 하는 말이 있었다.

"셰프님, 저한테 진짜 일감을 주시겠어요?"

김우진은 결연한 표정으로 말을 이었다.

"하다못해 짐을 옮기는 일이라도요."

너무나 굳건한 태도로 말하는 김우진의 모습에 도진이 '또 그 얘기냐.'는 표정으로 한숨을 내쉬고는 물었다.

"도대체 꼭 여기서 일해야만 하는 이유가 뭡니까?"

도진은 김우진이 도무지 이해가 안 된다는 얼굴을 하고 있었다.

김우진은 도진의 물음에도 물러나지 않고 자신이 아틀리에에서 일해야만 하는 이유를 도진에게 말했다.

"다음 칼럼은 아틀리에의 주방 막내 생활에 대해 적겠다고 이미 예고했습니다. 많은 독자가 기다리고 있어요. 일주일만이라도 시켜 주세요."

절대 물러서지 않을 듯 강건하게 대답하는 김우진의 모

습에 도진은 결국 자신이 졌다는 듯 고개를 저을 수밖에 없었다.

그리고 결국.

김우진은 '아틀리에'의 주방에 입성할 수 있었다.

단, 조건이 있었다.

"딱 일주일뿐입니다. 대신 그 누구보다 일찍 나오고, 누구보다 늦게 퇴근하게 될 거예요. 시급으로 계산해서 마지막 근무 날, 주급도 드릴 거고요."

"돈은 필요 없습니다."

"안 드리면 저희가 곤란해지는걸요. 그리고 앞으로 하게 될 일이 고되고 힘들더라도 봐 드릴 생각 없으니 각오 단단히 하셔야 할 겁니다."

일부러 으름장을 놓으며 말한 도진은 이쯤 하면 김우진이 조금이라도 망설이리라 생각했다.

하지만 김우진은 전혀 기죽지 않은 채로 도진에게 물었다.

"몇 시에 출근하면 될까요?"

도진은 예상을 벗어난 김우진의 반응에 조금 놀라 눈을 크게 뜬 채로 '8시까지 오시면 됩니다.'라고 대답했다.

그리고 다음 날.

도진은 금세 자신의 선택을 후회했다.

"잘 들어요. 주방에서 쓰는 이런 팬들은 괜찮지만, 그릇은 고무장갑을 끼고 잡았을 때 미끄러지기에 십상이니까 손에 힘을 꽉 주고 잡아야 해요."

"네, 알겠습니다."

"식기세척기 사용은 할 줄 압니까?"

"아뇨. 어떻게 해야 하는 건가요?"

"우선 기본적으로 애벌로 설거지를 한번 해서 이렇게 차곡 차곡 넣고……."

도진은 칼질은커녕 설거지도 제대로 하지 못하는 김우진에게 가장 기본적인 것부터 알려 줘야만 했다.

'이래서야, 고생은 저쪽이 아니라 내가 하는 중인 것 같은데……'

김우진은 생각보다 더 잘 따라왔다.

이른 아침 출근해서 새벽 12시, 1시가 되어 퇴근하면서도 아무런 불평 없이 도진이 가르쳐 주는 것들을 익혔다.

게다가 전혀 그래 보이지 않았던 첫인상과는 다르게, 다른 직원들과도 금방 친해져 어느새 일한 지 마지막 날에는 모두가 아쉬워할 정도였다.

"우진 씨, 우리랑 계속 일 하면 안 돼요?"

"진짜로! 너무 아쉬운데……."

"일주일 동안 고생 많으셨습니다."

"저 때문에 여러분들이 고생하셨죠. 감사했습니다."

김우진은 퇴근하는 다른 이들을 먼저 보낸 뒤.

도진에게도 인사를 건넸다.

"감사했습니다, 셰프님."

"아닙니다. 우진 씨야말로 고생 많으셨습니다."

도진은 지난 일주일 동안 김우진의 노력과 의지에 진심으로 감탄했다.

설거지도 제대로 못 하던 김우진은 일주일 동안 정말 요리사라도 되려는 사람처럼 열심히 따라와 줬다.

이제는 기본적인 재료 손질들은 물론, 조금 느리지만 칼질도 예쁘게 할 수 있게 되었다.

막무가내의 평론가라고 생각했던 그는, 사실 자신이 한 말은 지킬 줄도 알고 우직하게 노력할 줄도 아는 사람이었다.

도진은 첫날, 김치볶음밥을 먹은 뒤 자신도 모르게 환하게 웃던 김우진의 얼굴을 떠올리고는 물었다.

"이제 김치볶음밥 정도는 혼자 해 먹을 수 있겠죠?"

"네, 감사합니다."

환하게 웃으며 대답하는 김우진의 모습에 도진이 함께 미소 지었다.

***

김우진은 마지막 근무를 마치고 집에 도착하자마자 컴퓨터 앞에 앉았다.

평소였다면 돌아오자마자 샤워부터 했겠지만, 그럴 시간이 없었다.

마음이 급했던 탓이었다.

김우진은 지난 일주일을 떠올렸다.

지금껏 그저 먹어 보기만 했지, 음식이 만들어지는 이러한 과정들을 직접 두 눈으로 보게 될 줄은 생각지도 못했다.

'힘들긴 했지만, 재밌었어.'

새로운 경험과 인연들은 그를 들뜨게 했다.

함께 일했던 주방의 사람들은 모두 본인의 일에 대한 직업의식이 투철했다.

곁에서 지켜본 도진의 두 눈에는 열정이 가득한 것이 느껴졌다.

그 짧은 일주일 사이에 정이라도 든 것일까?

텅 빈 집으로 김우진은 북적거리던 주방을 떠올리며 이내.

자신도 '아틀리에'에 도움이 되고 싶다는 생각이 들었다.

그래서 자신이 가장 잘할 수 있는 것으로 그들의 꿈과 열정을 응원하기로 마음먹었다.

김우진은 컴퓨터를 켜고, 손가락을 이리저리 움직이며 스트레칭을 한 뒤.

숨을 크게 한번 들이마시고, 내쉬었다.

그리고.

"시작해 볼까."

천재셰프
회귀하다

키보드 위에 올라간 김우진의 양손이 현란하게 움직이기 시작했다.

어둠으로 물든 창문 밖으로 어슴푸레하게 해가 뜨기 시작하는 그 시간까지 김우진은 앉은 자리에서 한 번도 쉬지 않고 칼럼을 작성했고…….

이내.

원고를 완성해 낸 김우진은 몇 번의 클릭을 통해 자신의 블로그에 글을 올렸다.

새로 올라온 칼럼의 제목을 본 사람들의 반응은 뜨거웠다.

　　아틀리에, 주방 막내로 사는 삶에 대하여.

김우진이 올린 새로운 칼럼의 반응은 뜨거웠다.

　　아틀리에, 주방 막내로 사는 삶에 대하여.

분명 이른 아침에 올린 글이었음에도 조회 수는 금세 100명, 200명씩 늘어나더니 늦은 저녁까지 천정부지로 멈출 생각이 없는 듯 올라가고 있었다.

그도 그럴 것이…….

지금껏, 많은 이들에게 인정받는 칼럼니스트였던 그가 주방의 막내로 일한 것을 후기로 올리다니.

심지어 그냥 아는 사람의 주방도 아닌, 소위 말하자면 자신이 깎아 내렸던 헤드 셰프가 있는 레스토랑의 주방에서.

사람들은 그의 결단력과 실행력에 대해 놀라움을 금치 못했고, 과연 그가 어떤 내용의 칼럼을 썼을지 궁금증을 참지 못한 채 본문을 읽기 위해 제목을 클릭했다.

많은 이들이 그가 아틀리에의 주방에서 제대로 적응하지 못하고 쉽지 않은 막내 생활을 보냈으며, 그 힘든 시간을 토로하는 글을 썼으리라 예상했다.

하지만 막상 읽게 된 칼럼의 첫 시작은 본인의 섣부른 판단이 잘못되었음을 인정하는 문장이었다.

나는 지난 일주일간 아틀리에의 막내로 일하며 일전에 썼던 나의 칼럼이 편견에 휩싸였던 것을 인정할 수밖에 없었다. 곁에서 지켜본 김도진은 셰프 그 자체의 모습을 하고 있었다.

아틀리에의 주방 직원들은 모두 그를 향한 존경을 드러냈다. 물론 누구보다 먼저 출근해서 누구보다 늦게 퇴근하는 그는 좋은 직장 상사라고는 할 수 없었지만, 어린 나이임에도 불구하고 본인의 실력에 대해 자만하지 않고 언제나 노력하는 그의 열정 어린 모습은 자신들에게도 동기부여가 된다고 말했다.

그렇게 시작한 칼럼은 본격적으로 그의 주방 막내 생활을 어떻게 시작했는지부터 본격적으로 그리고 있었다.

푸드 칼럼을 쓰는 사람으로서 부끄럽지만, 한평생을 먹기만 했지 직접 만들어 본 적 없는 나로서는 주방이란 곳 자체가 낯선 공간이었다. 집에서조차 제대로 요리해 먹은 적이 없었기에 내가 할 줄 아는 거라고는 그저 그들이 쉴 틈 없이 움직이는 것을 지켜보는 것뿐이었다.

다짜고짜 찾아간 주방이었기에 첫날은 그저 주방에 가만히 서서 그들이 요리하는 모습을 낱낱이 지켜볼 수 있었다. 사실 정확히 말하자면, 칼질도 설거지도 제대로 하지 못했기에 방치된 채 잊혀졌다고 말하는 게 더 정확할지도 모른다.

둘째 날, 그러니까 정식으로 출근하기로 한 첫날. 나는 막 걷는 방법을 배우기 시작한 어린아이처럼 설거지하는 법부터 배웠다. 이날, 나는 식기세척기를 처음 사용해 봤다. 이 정도로 무지한 나를 가르친 건 다름 아닌 김도진 셰프였다. 다른 이들에게는 모두 각자 맡은 일이 있었기 때문에, 자신이 직접 가르치는 것이라 말했다.

그는 칼을 쥐는 법부터 시작해, 재료를 손질하는 법, 재료를 익힐 때의 불의 온도, 어떤 팬을 써야 하는지. 정말 하나부터 열까지 본인이 직접 상세하게 설명을 이었다. 분명 이론적으로는 알고 있었던 내용들이었으나, 직접 설명을 들으면서 그의 가르침을 받아 본 나는 요리라는 게 그저 알고 있다고 해서 할 수 있는 것이 아니라는 것을 깨달았다.

나를 가르치는 그의 태도에서, 나는 김도진이 셰프로서 얼마나 본인의 직업에 대한 자부심을 품었는지 느낄 수 있었다.

김우진은 주방에서 자신이 느낀 점들에 대해 가감 없이, 솔직하고 담백한 문체로 글을 이어 나갔다.

어찌나 상세하고 실감이 나는지, 글을 읽는 이들은 마치 본인아 '아틀리에'의 주방을 직접 들여다보고 있는 것만 같은 기분이 들게 했다.

김우진이 아틀리에의 주방 막내로서의 후기를 적은 칼럼은 결코 짧은 글이 아니었지만, 사람들은 생동감 넘치는 그의 표현에 순식간에 그 긴 글을 끝까지 읽어 내렸다.

나는 어린아이인 채로 주방에 발을 들였지만, 이제는 김치볶음밥 정도는 혼자 해 먹을 수 있게 되었다. 다음 달에는 요리 학원에 다녀 볼까 하는 고민을 하는 중이다.

갑작스럽게 찾아온 낯선 이를 주방에 들인다는 쉽지 않은 결정을 내려 준 아틀리에의 주방 식구들과 김도진 셰프에게 감사를 전하며 이만 긴 글을 마친다.

그의 칼럼은 기본적으로 주방 막내 생활에 대한 글이었지만, 그 글을 읽은 사람들은 모두 눈치챌 수 있었다.

'김우진이 가지고 있던 김도진에 대한 편견들이, 그저 편견일 뿐이었구나.'

그는 도진이 얼마나 요리에 진심이고, 그 일을 사랑하고 있는지를 얘기하고 있었다.

그리고 이내 궁금해졌다.

"이런 사람이 만드는 요리는 도대체 어떤 맛일까?"

그 덕분에 아틀리에는 두 번째 시즌 시작 이래, 이렇게까지 정신이 없을 수가 있나 싶은 정도로 많은 예약 문의 전화를 받는 지경까지 이르렀고…….

이렇게까지 솔직하게 칼럼을 쓴 김우진에게도 많은 관심이 쏠렸다.

김우진은 자신이 칼럼을 쓰기 시작한 이래로 지금이 가장 바쁘다는 것을 눈치챘다.

그도 그럴 것이, 평소라면 울릴 일이 없던 핸드폰에 하루에 두세 번꼴로 울려왔다.

주변 지인들의 연락은 물론이고, 다른 잡지사들이나 방송 섭외 전화 등이었다.

개중에는 페이를 줄 테니 자신의 가게도 와서 일하고 저런 식으로 칼럼을 써 주면 안 되냐는 이들도 있었지만, 김우진은 그런 제안들은 딱 잘라 거절했다.

그리고 수많은 제안 가운데 김우진은 평소 관심 있던 방송의 섭외만 받아들였고…….

그 결과, 김우진은 지금 '목요 미식회'의 마지막 회 게스트
로 출연하게 되었다.

'목요 미식회'는 두 명의 진행자와 세 명의 고정 출연자,
그리고 한 명의 게스트가 모여 같은 가게들의 음식을 먹고
이야기를 나누는 일종의 토크쇼였다.

이를 기획한 정 PD는 마지막 회를 앞두고 과연 누구를 게
스트로 섭외하는 게 가장 좋을지 고민 끝에 최근, 뜨거운 논
제 중 하나였던 아틀리에의 비평을 썼던 김우진을 섭외했다.

그리고 다가온 마지막 회 촬영일.

정 PD는 자신의 선택에 만족스러운 미소를 지었다.

'생각보다 말도 잘하고, 괜찮은데?'

진행자의 질문에 자연스럽게 대답하는 김우진은 무난하게
토크를 이어 갔다.

푸드 칼럼을 쓰며 경험한 많은 가게들은 물론이고, 지금
껏 쌓아 올린 맛에 대한 지식은 토크를 풍부하게 만들기에
좋았다.

특히 최근 많은 이들의 관심을 받았던 칼럼의 주제로 이야
기할 땐, '이거지!' 싶었다.

"김우진 씨, 최근에 올리신 칼럼 재미있게 읽었습니다. 아주 새로운 경험을 하셨던데요?"

"아, 그렇죠. 쉽게 할 수 있는 경험은 아니었습니다."

"주방 막내 생활은 어떠셨나요?"

김우진은 진행자의 물음에 잠시 생각하는 듯 침묵하다 곧 입을 열었다.

"즐거웠습니다. 부끄럽게도 제가 미식은 즐기지만 요리는 잘하지 못했는데, 많이 배울 수 있는 시간이었습니다."

그런 그의 모습에 진행자가 짓궂은 표정으로 물었다.

"사실은, 말 한번 잘못했다가 주방 막내로 들어갔던 거 아닌가요? 적응하는 데 힘들진 않으셨습니까?"

"아, 사실은…….'

김우진은 말을 질질 끌다가, 이내 대답했다.

"제가 너무 막무가내로 쳐들어간 거라, 셰프님이나 다른 직원분들이 갑자기 생긴 막내 때문에 고생하셨죠. 다들 잘해 주셨습니다."

예능적 포인트를 아는 듯, 편집 점을 위해 말 중간에 잠시 쉬어 주는 그의 센스에 정 PD는 미소를 지을 수밖에 없었다.

'나이스한데? 예고편으로 쓰면 되겠어.'

촬영은 순조롭게 흘러갔다.

정 PD가 신경 쓸 것도 없이 토크의 흐름은 주제에 맞게 시시각각 변화했다.

그러던 중, 그가 귀를 쫑긋하게 할 법한 내용의 대화에 정 PD가 김우진을 향해 시선을 움직였다.

"제일 맛있게 먹었던 음식 말이죠?"

김우진이 진행자의 물음에 잠시 고민하는 듯 침묵했다.

그리고 이내 입을 연 그는 의외의 답을 내놓았다.

"저는 김치볶음밥을 제일 맛있게 먹었습니다."

"김치볶음밥요? 그건 너무 흔한 메뉴 아닌가요?"

"그러게요. 의외인걸요. 우진 씨라면 당연히 미슐랭 스타의 맛집을 꼽을 줄 알았어요."

두 진행자는 김우진의 대답에 티키타카를 주고받으며 의문을 드러냈다.

그러자 그가 웃으며 대답했다.

"저라고 항상 그런 음식만 먹는 건 아니니까요. 그리고 오히려 김치볶음밥은 추억이 담겨 있어서, 더 맛있게 먹었던 것 같습니다."

"추억요? 어떤 추억인 걸까요?"

재미있는 이야기를 들은 사람처럼 한껏 궁금하다는 듯한 표정으로 물어보는 진행자의 모습에 김우진이 웃으며 대답했다.

"어린 시절 저를 돌봐 주셨던 분이 해 주셨던 김치볶음밥을 정말 좋아했거든요. 연세가 많으셔서 은퇴하고 난 이후로는 도저히 못 먹게 되었다고 생각했는데……."

잠시 머뭇거리던 김우진이 말을 이었다.

"얼마 전에, 김도진 셰프님 덕분에 그 맛을 다시 볼 수 있었습니다."

그의 대답에 신이 난 진행자가 더 자세한 내막을 물었고…….

정 PD는 그 이야기를 들으며 덩달아 눈을 빛내기 시작했다.

'이거, 재미있겠는데?'

사연자의 추억을 담은 요리를 그대로 재현해 준다니, 괜찮은 방송 아이템이 될 것 같았다.

정 PD는 촬영이 이어지는 내내 그런 생각에 사로잡혔고, 이내 결심한 듯 촬영이 끝난 후 출연자들에게 인사하고 있는 김우진을 따로 불렀다.

"우진 씨, 잠깐 괜찮을까요?"

"네? 무슨 일이죠?"

"혹시, 김도진 씨 연락처를 좀 받을 수 있을까요?"

그렇게 묻는 정 PD는 어쩐지 설렌다는 듯한 얼굴을 하고 있었다.

어느덧 봄의 끝자락, 여름의 초입이 다가오는 시점.

아틀리에의 두 번째 시즌은 성공적으로 시즌 마무리를 해 냈다.

최석현의 선택은 많은 이들의 걱정을 샀지만, 결론적으로는 그의 선택은 탁월했다고 볼 수 있었다.

아틀리에의 화제성은 물론이고, 정체성을 찾을 수 있는 기간이었다.

방문했던 대부분 이들이 다음 시즌이 기대된다고 말할 정도였으니…….

더 이상 말해 무엇하겠는가.

두 번째 시즌 마지막 근무가 끝난 후, 아틀리에의 식구들은 회식을 통해 성공적인 시즌 마감을 자축했다.

걱정이 많았던 만큼 무사히 시즌을 끝낸 덕에, 모두가 신이 나 한 잔씩 거하게 걸친 티를 내느라 얼큰한 얼굴을 한 채 2차를 가기 위해 준비했지만…….

미성년자였기에 술을 마시지 못하는 도진만이 유일하게 멀쩡한 얼굴을 한 채 집으로 향하기 위해 일어섰다.

"다들 고생 많으셨습니다."

"셰프님 조심히 들어가세요!"

"휴가 끝나고 봐요!"

모두의 배웅을 받은 채 일어나 택시를 기다리고 있던 도진은 갑작스럽게 걸려 온 의외의 전화에 놀라며 급히 전화를 받았다.

천재셰프
회귀하다

"네, 우진 씨. 잘 지냈어요?"

전화의 주인공은 다름 아닌 김우진이었다.

-저야 뭐 항상 비슷하죠. 셰프님은 잘 지내셨어요?

가벼운 안부를 주고받은 도진은 이내, 김우진에게 물었다.

"그래서, 오늘은 어쩐 일로 연락하신 건가요?"

-아 그게, 다른 게 아니라…….

김우진이 마치 잘못한 게 있는 사람처럼 머뭇거리더니 말을 이었다.

-'목요 미식회'의 촬영 도중, 김치볶음밥을 만들어 주셨던 일을 이야기했더니 PD님이 관심이 있다고 셰프님 번호를 물어보셔서요.

갑작스러운 상황에 자신도 모르게 번호를 주긴 했는데, 실수한 건가 싶어서 미리 알려 주려고 전화했다는 김우진의 말에 도진이 웃음을 터트렸다.

"괜찮습니다. 미리 알려 주셔서 감사해요."

거듭 사과하는 김우진을 안심시킨 뒤.

'PD가 내 번호는 왜 받아 간 거지?'

전화를 끊은 도진은 몰려오는 궁금증을 참을 수 없었다.

정 PD의 호기심

김도진이 객원 셰프로 참가한 아틀리에의 두 번째 시즌이 마무리된 후.

다음 시즌의 준비를 위해 휴식기에 들어간 시점.

방문했던 손님들은 물론 여러 매체를 통해 노출되어 입소문을 탄 아틀리에는 어느새 미식에 큰 관심이 없던 이들에게도 알음알음 소문이 나기 시작했다.

'거기가 그렇게 괜찮다며?'

'가성비 맛집이라는데 난 돈 더 내고 와야 하는 거 아닌가 싶었다니까.'

'데이트하기도 좋다더라.'

하지만 이미 두 번째 시즌이 끝난 시점.

해당 시즌에 방문했던 이들이 각자 사용하는 커뮤니티에 올린 후기를 보며, 많은 이들이 아쉬움을 토로했다.

하지만 '아틀리에'의 운영 방침상 다음 시즌에는 같은 메뉴가 없다는 것을 몸소 체감한 회사원은 그런 이들의 반응을 보며 실실 흘러나오는 웃음을 멈출 수 없었다.

"아, 다들 진짜 빨리빨리 다녀왔어야지."

자신이 별스타그램에 올린 게시 글 밑으로 달린 댓글들을 보던 그녀가 흥얼거렸다.

첫 시즌의 경우 최석현 셰프를 워낙 좋아했던 그녀였기에 믿고 다녀왔지만, 두 번째 시즌은 정말 고민했다.

처음 들어 보는 이름의 객원 셰프가 두 시즌이나 헤드 셰프를 맡는다기에 찾아봤더니, 실전 주방 경험이 전혀 없는 요리 서바이벌 예능 프로그램의 우승자라니.

걱정이 앞섰다.

'갔다가 괜히 마지막 기억을 안 좋게 남기게 되면 어떡하지?'

하지만 그런 고민에도 불구하고 그녀가 어김없이 두 번째 시즌의 아틀리에를 방문한 이유는 시식회에 다녀온 이들의 반응이 워낙 좋았던 것은 물론이고……

상대적으로 저렴한 가격 덕분에 거부감이 없었기 때문이다.

'이 정도면 한 번쯤은 갈 만하니까……. 그리고 설마 본인

이름 내건 가게인데 최석현 셰프가 아무나 세워 놨겠어?'

그리고 그 선택은 만족 그 자체였다.

아니, 아쉬울 정도였다.

"한 번만 더 가 볼걸."

고작 한 번으로는 아쉬웠다.

맛도 맛이지만, 봄이라는 테마를 이용한 메뉴의 플래이팅, 그리고 그에 맞춰 바뀐 인테리어.

하지만 한 번의 방문 이후, 갈 때마다 번번이 허탕을 칠 수밖에 없었다.

어찌나 사람들이 많던지, 이제는 나만 아는 맛집이 아니라 모두 아는 맛집이 되었다.

그리고 이제 곧 모르는 사람이 없는 맛집이 되려는 듯했다.

눈에 띄는 제목의 기사를 클릭한 회사원은 놀랄 수밖에 없었다.

'목요 미식회'에 나온 김우진의 발언 때문이었다.

"이게 뭐야, 김우진이 이런 말을 했어?"

그가 누구인가.

푸드 칼럼니스트답게 소문난 미식가임은 물론이고, 본인이 느끼기에 맛이 없다면 가차 없이 혹평을 쏟는 이였다.

그런 김우진이 방송에 나와 앞으로가 가장 기대되는 셰프로 김도진을 꼽다니.

회사원은 다시 한번 결심을 다졌다.

"다음 시즌은 꼭 예약하고 가야겠다."

"그럼, 이만 가 보겠습니다."

"촬영 고생하셨습니다. 조심히 들어가세요."

김우진에게 도진의 번호를 받아 낸 정 PD는 자신의 핸드폰에 저장된 '김도진'이라는 이름을 가만히 바라보았다.

'추억의 음식 맛을 그대로 재현해 냈다라……. 재미있을 것 같은데 말이지.'

잘만 짜면 재미도 챙기고 휴머니즘도 챙길 수 있는 예능 프로그램이 될 수 있을 것 같았다.

'김도진이랑 한번 컨택해 봐?'

마침 '목요 미식회'의 마지막 촬영을 끝으로 다음 방송 기획 전까지 잠깐의 휴식기가 생긴 참이었다.

이래저래 여유가 생긴 정 PD는 다음 날.

개인적으로 김도진에 대해 알아보기 시작했다.

근래에 많은 이들이 그의 행보에 대해 주목하고 있어서인지, 포털 사이트에 '김도진'을 검색하기만 해도 어느 정도 그의 이력을 알아낼 수 있었다.

아니, 사실 알아내고 말고 할 것도 없었다.

공식적인 그의 이력이라고는 고작 두 줄 뿐이었기 때문이다.

서울시 전국 요리 대회 시니어 부문 대상.
서바이벌 국민 셰프 우승.

거기에 이제야 객원으로 참가한 이번 '아틀리에'의 두 번째 시즌의 헤드 셰프라는 경력 한 줄이 더 쓰였다.

그저 단순히 몇 줄의 글로만 확인한 도진의 경력은 이게 사실인가 싶어질 정도로 별거 없었다.

정 PD는 의문이 들었다.

"어떻게 아틀리에의 객원 셰프가 된 거지?"

맛집에 관한 프로그램을 기획하고 촬영해 왔던 만큼, 정 PD는 그간의 촬영을 통해 인연이 생긴 평론가들이나 셰프들이 있었고…….

그중에는 최석현 셰프도 있었다.

촬영하면서 알게 된 최석현은 그저 친하다는 이유만으로 자신의 가게에 객원으로 셰프를 맡길 만큼 자신의 업(業)을 가벼이 생각하지 않았다.

짧은 시간이었지만 대화를 나누며 자신이 느낀 최석현 셰프는 그런 사람이었다.

그렇기에 궁금증이 커졌다.

'김우진과 최석현의 선택을 받은 남자라…….'

그가 출연했던 방송을 좀 더 자세히 찾아보기 위해 방송 프로그램명을 검색한 정 PD는 의외의 사실을 발견해 냈다.

'어, 뭐야. 김 PD?'

익숙한 이름이었다.

그리고 이내 자신이 알고 있는 이가 맞는지 확인하기 위해 김 PD에게 전화를 걸었다.

몇 번의 신호음이 울리고…….

―여어, 정 PD. 웬일로 또 이렇게 연락을 주셨으려나.

김 PD가 전화를 받았다.

입사 동기로 함께 일한 적도 많았으나, 그가 방송국을 옮기고 난 뒤로는 처음 연락하는 것이었다.

"어, 김 PD. 잘 지내지? 다른 건 아니고 물어볼 게 좀 있어서."

―물어볼 거? 뭔데?

"혹시 김도진이라고 아나?"

정 PD의 물음에 김 PD는 준비라도 하고 있었던 듯 대답했다.

―당연히 알지. 내 프로그램 출연해서 우승한 친구잖아.

"그 친구 어때. 좀 괜찮나?"

―왜, 데리고 뭐 하나 찍어 보려고? 나쁘지 않지.

정 PD의 물음에 대답한 김 PD는 곧이어 묻지도 않은 것들을 술술 말하기 시작했다.

 -김도진 그 친구가 말이야. 나이는 어린데, 아주 노련한 면이 있어.

 이어지는 김 PD의 흥미로운 말들에 정 PD는 자연스럽게 귀를 기울일 수밖에 없었다.

 -그 많은 형, 누나들 사이에서 기죽지 않고 당당하게 말하는 건 물론이고, 실력으로 당당하게 우승할 정도였으니까 말 다 했지.

 "호오- 진짜로?"

 예전부터 암암리에 투표율에 장난을 치는 일은 많았다. 그렇기에 정 PD는 의심스러운 목소리로 물었다.

 "사실은 조작이 좀 있었던 거 아니야?"

 -어허, 어디 가서 그런 말 하면 큰일 나. 요즘 같은 시대에 조작이라니.

 하지만 김 PD는 정 PD의 물음에 소스라치게 놀라며 황급히 부정했다.

 -김도진은 정말 진또배기야. 촬영이 이어질수록 내가 얼마나 놀랐는지 알아?

 김 PD는 급히 말을 이었다.

 -분명 아무런 경력도 없고 제대로 어디서 요리를 배운 것도 아니었는데, 요리 실력은 물론이고 메뉴 짜는 것부터 원가 계산하는 건 또 어디서 그렇게 야무지게 배웠는지, 고등학생이라

는 게 믿기지 않을 정도였다고. 그냥 자기 가게를 내도 될 정도
의 수준이었다니까?

길게 이어진 말 뒤, 잠시 숨을 고른 김 PD가 한숨을 내쉬
며 말했다.

─그리고 솔직히 내가 김도진 우승시켜서 이득 볼 일이 뭐가
있겠어. 어마어마하게 잘사는 집 자제도 아니고, 그냥 평범한
백반집 아들인데…….

정 PD는 김 PD의 말을 들으면서 점점 더 김도진에 대해
궁금해지기 시작했다.

지금껏 찾아보고 들은 얘기들을 종합해 본 바로는 김도진
은 아무런 기반도 없이 갑작스럽게 나타난 천재였다.

그야말로 혜성과도 같은 등장.

'괴물 신인이 따로 없네.'

도대체 어떤 사람이길래 이렇게까지 성장할 수 있었던 거
지?

그런 생각이 든 정 PD는 문득 스쳐 지나듯 들은 얘기가
떠올라 어디론가 전화를 걸었다.

짧은 신호음 끝에 상대방이 전화를 받은 듯 정 PD가 입을
열었다.

"어, 우리 이번에 특집 다큐 자리 빈다고 그랬던 거, 아직
비어 있어?"

분명 첫 시작은 새로운 예능 프로그램을 기획하려던 생각

이었건만.

어느새 도진의 삶에 대해 좀 더 자세히 들여다보고 싶다고 생각하는 정 PD였다.

아틀리에의 두 번째 시즌이 끝난 뒤 도진의 첫 휴일은 낯선 번호로 온 전화로부터 시작되었다.

-그럼 생각해 보시고 꼭 연락해 주세요.

"네, 생각해 보고 연락드리도록 하겠습니다. 감사합니다."

도진은 짐짓 놀란 마음을 숨기고 전화를 끊었다.

김우진에게 번호를 받았다며 연락이 온 정 PD는 도진에게 생각지도 못한 제안을 해 왔다.

'기껏해야 게스트 섭외 정도일 줄 알았는데……. 다큐멘터리라니.'

단편의 형식적인 특집 다큐멘터리일 뿐이라지만 흔히 오는 기회는 아니었다.

'도대체 뭘 보고 이런 제안을 한 거지?'

아틀리에의 객원 셰프로 활동하게 되면서 도진은 업계 사람들로부터 훨씬 더 많은 관심을 받게 되었다.

하지만 이렇게 다큐멘터리를 촬영할 정도로 유명해진 것은 아니었다.

그렇기에 도진은 정 PD가 도대체 무슨 생각으로 자신에게 이런 제안을 한 것인지 알 수 없었다.

도진은 잠시 고민에 빠졌다.

'이걸 어떻게 할까.'

김우진의 칼럼으로 인해 도진은 많은 관심을 받을 수 있었다.

그뿐 아니라 생동감 넘치는 칼럼의 내용으로 인해 많은 이들이 아틀리에의 주방에 대해 궁금해했다.

그렇기에 만약 지금 이 타이밍에 다큐멘터리를 촬영하게 된다면 다음 시즌에 매우 큰 도움이 될 것이었다.

'그리고 이런저런 논란들을 잠재우기도 좋겠지.'

김우진의 칼럼은 아틀리에를 향한 관심의 불씨가 된 것은 자신의 실력에 대한 논란을 잠재우기에 충분했다.

하지만 아직도 일각에서는 김우진이 돈을 받고 쓴 것이라는 등 말도 안 되는 생각들로 도진의 커리어를 무시하는 언행을 일삼는 이들이 여전히 남아 있었다.

도진은 이윽고 결론을 내렸다.

'죽이 되든 밥이 되든, 한번 찍어 보는 것도 나쁘지 않겠지.'

'아틀리에'의 세 번째 시즌을 준비하는 모습을 다큐로 촬영하게 되면 분명 이런 이야기도 할 수 없을 터였다.

'영상으로 내가 일하는 모습을 남겨 두면, 더 이상 뭐라고

할 수 사람은 없겠지.'

영상 자료야말로 빼도 박도 할 수 없는 증거였다.

심지어 그냥 일반적인 예능도 아닌 다큐멘터리였다. 그렇기에 도진은 더욱 쓸모가 있으리라 생각했다.

예능 프로그램이었다면 조작이니 연출일 뿐이라느니 말이 많았겠지만, 다큐멘터리라면 말이 좀 달랐다.

실제 삶의 모습을 그대로 보여 주는 것이 다큐멘터리였다.

장면이 휙휙 전환되는 큰 편집 없이 담담하게 PD가 보여 주고 싶은 내용을 보여 주는 것이었다.

그렇기에 그 다큐멘터리 주인공의 모든 생활을 그대로 카메라에 담아내고…….

PD가 생각하는 모습을 찾아 긴 녹화분의 영상을 몇 번이고 돌려 보며 잘라 내고, 이어 붙이는 것의 연속이었다.

그 말인즉슨.

시청률을 위해 조작을 할 만한 내용도, 악의적으로 편집할 만한 이유도 없다는 것이다.

마음의 준비를 끝마친 도진은 이내 전화기를 들어 정 PD 에게 전화를 걸었다.

잠시간의 신호음이 울리고 이내 정 PD가 전화를 받았다.

-네, 정승환 PD입니다.

도진은 수화기 너머 들리는 정 PD의 인사에 앞도 뒤도 재지 않고 다짜고짜 본론부터 꺼냈다.

"일단, 만나서 얘기하시죠."

다음 날, 정 PD는 도진에게 받은 주소를 몇 차례고 확인
하며 발을 옮겼다.

"여기가 맞나……?"

지도에 찍힌 주소는 시장 한복판을 가리키고 있었다.

저녁 8시를 지나고 있었기에 시장은 조용하고, 어두컴컴
했다.

손님은 거의 보이지 않았고, 그나마 불이 켜져 있던 가게
들도 마감하느라 어수선한 분위기였다.

어쩐지 으스스한 기분에 정 PD는 급히 발을 움직였다.

그리고 이내 도착한 곳에는 낯설지만 어디선가 본 듯한 간
판이 보였다.

시장 밥집

아직 밝게 불이 켜져 있는 가게 안에는 두어 명의 손님이
식사하고 있었다.

아침 8시부터 저녁 8시 30분까지.

문 앞에 붙어 있는 영업시간을 본 정 PD는 이내 도진이 왜

꼭 그렇게 8시 30분 이후에 와 달라고 얘기했는지 이해했다.

'여기가 부모님이 한다는 그 백반집인가.'

시즌이 끝나고 준비 기간을 가지기 전, 분명 며칠의 휴식이 주어진다고 들었다.

그런데 이렇게 부모님의 가게에서 보자고 한 것을 보면…….

'쉬는 날에 부모님 가게를 도우러 온 건가? 대단하네.'

자신이었다면 간만의 휴식에 늘어지게 쉬느라 지금 시간에 겨우 일어나 첫 끼를 먹고 있을 게 분명했다.

정 PD는 도진에 대한 이미지에 '건실한 청년'이라는 항목을 추가했다.

잠시 밖에서 안을 지켜보며 손님이 나가길 기다린 그는, 식사 중이던 모든 손님이 계산하고 나오는 것을 확인한 뒤 가게 문의 손잡이를 잡았다.

그가 조심스럽게 문을 열자 손님이 왔음을 알리는 종소리가 가게 내부에 울려 퍼졌다.

홀 서빙을 맡은 듯한 여성이 정 PD를 향해 말했다.

"어머, 죄송해서 어쩌죠. 저희가 지금 마감을 해서……."

"아, 아닙니다. 식사하러 온 게 아니라 김도진 씨를 여기서 보기로 해서요."

"도진이를요? 어머, 잠시만요."

그렇게 말한 그녀는 빠르게 주방으로 향했다.

그리고 얼마 지나지 않아…….

주방에서 딱 보기에도 어려 보이는 남성이 나와 정 PD에게 인사했다.

"안녕하세요. 김도진입니다."

"반갑습니다. 정승호 PD입니다."

도진이 내민 손을 맞잡아 악수를 한 정 PD는 곧장 본론을 꺼냈다.

"일전에 전화로 말씀드렸던 건에 관해서 얘기하고 싶습니다만……."

"다큐멘터리 촬영 관련해서 말씀하시는 거 맞으시죠? 일단 이쪽으로 앉으시겠어요?"

"아, 네. 감사합니다."

정 PD는 도진의 안내에 따라 가게 내부에 정리되어 있는 자리에 앉았다.

그리고 이내 가방에서 얇은 서류를 꺼냈다.

"이건 간략하게나마 정리해 본 내용입니다. 읽어 보시고 궁금한 내용 있으시면 물어봐 주세요."

도진은 정 PD의 맞은편에 앉아 그가 건넨 서류를 받아 찬찬히 읽어 보기 시작했다.

정 PD는 그 모습을 보며 의외라는 생각을 했다.

'꽤 자세하게 읽어 보는군.'

저 나이대의 자신은 아르바이트 계약서를 작성할 때조차 그 짧은 글을 제대로 읽지 않아 손해를 보는 경우가 허다했다.

그러나 도진 이제 갓 열아홉 살이 된 것치고는 매우 날카로운 눈으로 기획서를 살펴보고 있었다.

'하지만 그래도 자신은 있지.'

전화하고 난 뒤 고작 하루.

아니, 정확히 말하자면 잠자는 시간을 제외하면 주어진 시간은 고작 반나절이 조금 넘는 시간이었다.

채 하루도 안 되는 시간이었기에 완벽히 준비하기에는 부족한 시간이었지만, 그래도 이만하면 충분하다고 생각했다.

상대는 아무리 어른스러워 봤자 고등학생.

아직 사회의 쓴맛을 보지 못한 풋내기에 불과했다.

분명 그렇게 생각했다.

하지만 정 PD가 간과한 게 있었으니…….

열아홉 살의 도진이라면 확실히 어안이 벙벙한 채로 그저 고개를 끄덕이며 정 PD의 의견대로 따랐겠지만.

"PD님, 그래서 자세한 계약 조항이 궁금한데, 그런 건 준비 안 하셨나요?"

"여기 다큐 촬영 후 편집 조항 같은 경우는 말인데요. 아무래도 추가됐으면 하는 사항들이 조금 있어서요."

"그리고 이 프로그램 포맷 말인데요. 제가 봤을 때는 방향성이…….'

전생의 기억을 가진 채 두 번의 방송 경험까지 있는 도진은, 그리 녹록지 않은 상대임이 분명했다.

도진은 자리에 앉아 정 PD가 건넨 특집 다큐멘터리의 기획안을 살펴보았다.

총방영 시간은 두 시간.

앞뒤로 붙는 10분의 광고를 제외한다면 정확히는 한 시간 사십 분의 꽤 긴 편성이었다.

기획 의도는 좋은 말로 했을 때는 외식 업계의 새바람을 불러일으키는 시도와, 새 시대를 이끄는 떠오르는 셰프의 탄생이라는 타이틀이었지만……

기획안을 훑어본 도진은 금세 이런 기획이 나오게 된 이유를 알게 되었다.

'이 양반이, 어지간히도 내가 어떻게 이런 성과를 낼 수 있었던 건지 궁금했나 보군.'

궁금할 만도 했다.

고작 열아홉 살의 나이에 특별히 요리를 배운 것도 아니고, 관련된 학교에 다닌 것도 아니었다.

그런데 쟁쟁한 참가자들 사이에서 우승을 하고, 심사 위원의 눈에 띄어서 이렇게 객원 셰프로 일하고 있다니.

'김도진'이라는 사람 자체가 궁금해진 게 분명했다.

다큐멘터리 촬영이었기에 그렇게 큰 걱정은 하지 않았지만, 자극적인 소재로 사용될 가능성도 컸다.

도진은 그렇기에 더욱 기획안을 꼼꼼히 살피고, 계약 조건에 관해서 물었다.

"계약서는 지금 당장 제대로 준비된 건 없어서, 오늘은 일단 기획안 먼저 살펴보시고 내일 중으로 계약서 준비해서 서류 보내 드리도록 하겠습니다."

정 PD는 조금 놀란 눈치였지만, 도진의 물음에 착실히 대답했다.

"그리고 편집 조항 같은 경우는 어떤 사항을 추가하고 싶으신 걸까요?"

"완성본이 송출되기 전에 제가 한번 확인해 볼 수 있었으면 해서요. 혹시나, 방송에 나가지 않았으면 하는 내용이 있을 수도 있을 것 같아서 그런데, 해당 사항도 추가할 수 있을까요?"

"네, 그 정도야 뭐 어렵지 않죠. 프로그램 포맷에 대해서는 따로 어떤 의견이죠?"

도진과 정 PD는 몇 차례 더 대화를 이어 갔다.

애당초 가볍게 촬영 기획과 일정, 그리고 간단한 인터뷰를 위해 만났던 두 사람은 시간이 가는 줄도 모른 채 이야기를 나눴고…….

시간은 어느새 오후 10시를 가리키고 있었다.

가게 벽면에 걸려 있는 시계를 확인한 정 PD가 슬쩍 운을 띄웠다.

"벌써 한 시간 반이나 지났네요. 이거 시간이 너무 늦은 거 아닌가 싶습니다."

"그러게요. 제가 너무 오래 붙잡아 둔 것 같은데, 자세한 얘기는 첫 촬영 날 마저 할까요?"

"아유, 저야말로 시간 가는 줄 모르고 얘기하느라……. 서류는 더 살펴보시고, 혹시 더 궁금한 점이나 추가되었으면 하는 내용들이 있으시면 이쪽으로 연락해 주십쇼."

정 PD는 자리에서 일어나며 도진에게 주머니에서 명함 한 장을 꺼내 주었다.

그러고는 다음을 기약하는 인사를 하며, 가게 한편에서 마감을 마치고 도진을 기다리고 있는 부모님에게도 인사를 건넸다.

"그럼 오늘은 먼저 일어나 보도록 하겠습니다. 오늘 늦게까지 실례가 많았습니다. 안녕히 계세요!"

"네, 조심히 들어가세요."

"촬영 날 뵙겠습니다. PD님."

도진은 문 앞까지 정 PD를 배웅하고 돌아서자, 그를 기다리고 있는 것은…….

초롱초롱 맑게 빛나는 눈빛 가득 궁금하다는 표정을 짓고 계신 어머니와 내심 티를 내지 않으려고 하지만, 힐끔거리며 도진을 바라보고 있는 아버지였다.

정 PD가 떠난 뒤, 어머니는 도대체 무슨 일이 일어났던 것인지 알 수 없는 노릇이었다.

도진이 분명 오늘 낮에 잠시 '아틀리에'에 들렀다가 저녁엔 일을 도와주러 오겠다고는 얘기했지만…….

"낮에 잠깐 가게 들렀다가 저녁엔 일 도와드리러 갈게요. 맛있는 거 사 갈 테니까, 퇴근하고 오래간만에 다 같이 파티해요."

이런 깜짝 손님이 있을 것이라고는 생각지도 못했다.

마감 시간이 다 되어서야 온 손님은 백반집의 손님이 아니라 도진의 손님이었다.

"혹시 김도진 씨 있습니까?"

갑작스럽게 도진을 찾는 손님의 물음에 어머니는 당황했지만, 그녀는 얼른 주방으로 향해 도진에게 손님이 왔음을 알렸다.

그리고 이내 이어지는 두 사람의 대화에 두 눈이 휘둥그레졌다.

'방송국 PD님이 여기까지 오시다니.'

심지어 그냥 보통의 프로그램에 게스트로 섭외하기 위한

것도 아니었고, 도진이 메인으로 나오는 다큐멘터리를 제작하기 위해서라니.

그녀로서는 '놀랄 노'자 그 자체였다.

정 PD가 떠난 뒤.

어머니는 급히 도진에게 물었다.

"아니, 얘, 지금 이게 다 무슨 말이니? 다큐멘터리라니?"

알 수 없는 상황에 의문만 가득했기에 어머니의 질문을 쉴 틈이 없었다.

"잠깐만요, 어머니. 하나씩 물어보세요. 아직 완전히 확정은 아닌데…….."

도진은 어머니의 물음을 하나하나 대답해 주며, 그녀의 궁금증을 해소해 주었다.

이야기가 이어질수록 놀라울 뿐이었다.

'우리 아들이, 지상파 방송사에 특집 다큐를 찍는다니…….'

마냥 어린아이일 줄만 알았다.

그렇기에 도진이 처음 요리를 시작할 때도, 꿈을 이루겠다고 방송에 나갔을 때도.

그리고 요리하고 싶다고 자퇴를 말하던 그 순간까지도.

그저 걱정이 앞섰다.

하지만 그녀의 걱정은 기우에 불과했다.

'우리 도진이가 언제 이렇게 커서는, 자기 앞가림도 알아서 다 할 줄 알게 됐는지.'

이제 막 걸음마를 떼고, 옹알이를 시작했던 그때가 엊그제 같았다.

'엄마–!' 하면서 달려와 안기며 상장 받았다고 자랑하던 그 어렸던 도진이 아직도 눈앞에 선했다.

그랬던 아이가 눈 깜빡 한 사이에 이렇게 의젓해져서는, 자신의 꿈을.

그리고 앞날을 진지하게 생각하며 스스로 힘차게 미래를 향해 걸어 나가고 있는 모습을 보고 있자니 눈시울이 붉어 졌다.

'못난 부모가 되어서 바쁘다고 신경을 제대로 써 주지도, 그렇다고 겨우 입에 풀칠이나 하고 사느라 하고 싶다는 거 지원도 해 주지 못했는데…….'

혼자서도 이렇게 잘 커 준 도진이 못내 고마웠다.

어느새 코까지 발갛게 물든 그녀가 코를 훌쩍이며 옷소 매로 고인 눈물을 닦고 있자 옆에서 익숙한 손이 티슈를 건 넸다.

"닦어–."

무뚝뚝한 말투로 티슈를 건넨 도진의 아버지 또한 티를 내 지 않으려 했지만, 눈가가 붉어진 게 눈에 선했다.

말은 하지 않아도 부모의 마음이란 게 다 그랬다.

언제나 더 해 주지 못한 것에 대한 미안함과 언제나 달고 사는 내 자식 걱정.

부모님의 마주 본 눈빛에는 같은 마음이 담겨 있었다.

"여보……."

그런 두 사람의 마음을 아는지, 모르는지.

"자, 빨리 집에 갑시다! 도희가 한참 기다렸겠어요. 오늘 고기 사 간다고 그래서 신났을 텐데."

도진은 그저 해맑게 주방에서 자신이 사 온 한우 세트를 들고 나오며, 얼른 집에 가서 파티하자며 오랜만에 제 나이다운 모습을 보여 줄 뿐이었다.

⚓

정 PD와 도진이 '시장 밥집'에서 대화를 나눈 후 이틀 뒤.

인터넷에는 또 한 번, 도진에게 관심을 기울이고 있던 사람들에게 놀라운 정보를 쥐여 줬다.

"이게 뭐야……?"

회사원은 놀란 마음으로 자신이 본 게 맞는지 눈을 비비며 다시 한번 확인했다.

새로운 도전, 아틀리에와 함께 수면 위로 떠 오른 신예 셰프의 등장을 그리다.

흥미로운 제목에 이끌려 홀린 듯 기사 제목을 클릭한 회사

천재셰프
회귀하다

원은 기사의 내용을 보고는 미소 지었다.

특별 기획 다큐 제작, 방영 예정일은 6월 말. 최석현 셰프의
아틀리에와 함께 객원 셰프로서 많은 이슈를 낳은 김도진 셰프
가 준비하는 세 번째 시즌을 상세히 들여다보도록 하겠습니다.

실로 많은 이들의 궁금증을 해결해 줄 수 있을 것만 같은
내용이었다.

***

'아틀리에'의 휴가 기간이 끝나고, 세 번째 시즌을 준비하
기 위한 첫 출근날.

그러니까 다큐멘터리 촬영 첫날.

정 PD는 이른 아침 아무도 출근하지 않은 상태의 아틀리
에 곳곳에 카메라 설치를 지시하며 옛 기억을 떠올렸다.

'이러고 있으니까, 예전 생각나네.'

그가 PD 공채 시험에 합격한 뒤 첫 발령을 받은 곳은 다
름 아닌 교양국이었다.

햇병아리 시절에는 아무것도 몰랐다.

그저 선배 PD들의 뒤꽁무니를 따라다니며 온갖 잡일을
도맡아 하면서 어깨너머로 배운 것들을 토대로, 정 PD는 입

사한 지 2년 만에 혼자 다큐멘터리 제작을 맡게 되었고…….

그게 정 PD의 첫 작품이자 그가 다큐멘터리로 인정받을 수 있게 한 입봉작이 되어 주었다.

예능국으로 넘어오기 이전 마지막으로 그가 기획했던 다큐멘터리 프로그램은 비록 다른 PD가 제작을 하고 있지만, 여전히 시즌제로 제작될 만큼 다큐멘터리치고도 인기가 좋았다.

그렇기에 예능국으로 넘어오면서도 어느 정도 자신감이 있었다.

그러나 잔잔한 분위기의 교양국에 비하면 예능국은 험난한 정글, 사바나 그 자체였다.

먹고 먹히는 먹이사슬의 끝.

처음 몇 년은 분위기에 익숙해지느라 고생했다.

다큐멘터리처럼 누군가의 삶을, 또는 직업을, 전통을 천천히 들여다보는 것과는 다르게, 예능은 끊임없이 자극적인 맛을 찾았다.

그 흐름에 맞춰 자신도 좀 더 말초신경을 자극하는 콘텐츠들만을 찾아 헤매며 어느덧 예능국으로 넘어온 지도 거진 10년 차.

정 PD는 이제 자신도 어엿한 예능국의 PD였다.

하지만 저러니 해도, 다큐멘터리를 제작하는 것이 더 익숙한 것은 숨길 수 없었다.

천재셰프
회귀하다

이번 다큐멘터리를 기획하면서 여실히 느꼈다.

초반 기획은 도진의 삶 자체에 대해 촬영하려 했으나, 찾아본 바로는 아틀리에의 운영 방식 자체도 업계 내에서 뜨거운 화두에 오를 만큼 흥미로운 소재였다.

그렇기에 정 PD는 아틀리에와 그곳에서 일하는 도진의 삶을 카메라에 녹여 내 보기로 했다.

기획 회의는 순식간이었다.

더 말할 것도 없이 작가는 물론 다른 조연출들과도 척하면 착이었다.

어떻게 촬영하며, 어떤 흐름으로, 무엇을 보여 줄 것인지 회의하는 동안 정 PD는 간만에 생동감을 느꼈다.

그 탓에 이번 다큐멘터리의 준비는 짧은 시간이 주어졌지만, 순식간에 이뤄질 수 있었다.

그리고 문득, 과거 예능국에서 일하며 만들었던 다큐멘터리들을 떠올렸다.

개중에는 촬영 도중 온갖 고생과 수모를 겪은 적도 있었으나, 지금 떠올려 생각해 보니 당시 자신은 누구보다 생기 넘치는 얼굴을 하고 있었다.

'젊었을 때였지, 진짜.'

정 PD가 한참 아련한 추억들을 떠올리고 있을 때쯤, 언제 온 것인지 알 수 없는 도진이 그에게 인사를 건넸다.

"PD님, 안녕하세요. 아침부터 고생이 많으시네요."

"아, 아닙니다. 뭐 설치만 해 두면 촬영이야 알아서 되니까요. 그나저나, 일찍 오셨네요?"

"PD님이 일찍부터 나오셔서 고생하시는데, 늦게 나오기 좀 뭐해서요. 다른 직원들도 이제 슬슬 도착할 겁니다."

도진이 그 말을 꺼내기 무섭게 아틀리에의 직원들도 하나 둘씩 출근하기 시작했다.

"우와…… 이게 다 뭐예요?"

"대박이다. 지나오는 데마다 다 카메라 달려 있어. 대박."

"아까 뒷문 들어오면서부터 카메라 있었는데 못 봤어?"

직원들은 저마다 빈틈없이 설치된 카메라들을 보며 웅성 웅성 대느라 바빴다. 정말 다큐멘터리를 촬영한다는 게 신기한 듯했다.

얼마 지나지 않아 직원들이 모두 출근한 것을 확인한 도진이 그들을 홀 가운데로 모았다.

"다들, 다큐 촬영 관련해서 궁금한 점이 많을 텐데 잠시 이쪽으로 모여 주세요."

도진의 말에 직원들이 그의 앞에 모였고…….

빠진 사람이 없는지 확인한 도진이 이내 입을 열었다.

"우선 모두 흔쾌히 촬영에 동의해 주셔서 감사합니다. 이번 다큐 촬영에 관해서는 여기 계신 정승호 PD님께서 설명해 주실 예정입니다."

도진의 소개를 받은 정 PD는 한 발짝 앞으로 나가 직원들의 앞에 섰다.

"반갑습니다. 정승호 PD입니다. 우선 이번 다큐의 경우 김도진 셰프를 주축으로 아틀리에의 세 번째 시즌 준비 과정을 전반적으로 담을 예정입니다. 여러분은 그냥 카메라 의식하지 말고 평소처럼 지내 주세요."

정 PD는 자신을 향하는 직원들의 눈동자를 보며 '크흠.' 하며 목을 가다듬고 다시금 말을 이었다.

"궁금한 거 있으시면, 질문받도록 하겠습니다."

"혹시 너무 이상하게 나온 것 같으면 편집해 달라고 말씀드려도 괜찮을까요?"

"가끔 실수하거나 그런 거는 다 잘라 주실 거죠? 그래도 명색이 요리사인데 그런 장면이 방송에 나가면 부끄러울 것 같은데……."

그 말이 끝나기 무섭게 직원들의 질문이 이어졌다.

'아직 다들 20대라고 들었는데, 그래서 그런가.'

정 PD가 듣기에는 모두 풋풋하고 귀여운 고민이었다.

"다들 그냥 평소처럼만 해 주시면 됩니다. 걱정하지 마세요."

"에이, 그래도……."

"자, 그럼 더 질문 없으면 이제 일하러 갈까요?"

"아직 주방에 카메라 설치 덜된 것 같던데요!"

"맞아요! 조금만 더……!"

자신들이 방송에 나온다는 것이 신기했던 직원들은 벌써 일하러 가야 한다는 것이 아쉬운 듯했다.

하지만 그런 마음을 알 리 없었던 카메라 감독이 주방에서 터덜터덜 걸어 나와 정 PD에게 다가오며 말했다.

"안쪽에도 카메라 설치 다 했습니다. 체크 한번 하시겠어요?"

"네, 바로 확인 한번 해 볼게요."

두 사람의 대화를 듣고 있던 도진이 직원들을 향해 말했다.

"자, 카메라 설치 끝났다고 하니까 우리도 들어가서 일 시작해 볼까요?"

도진의 말에 직원들은 아쉬운 듯 자꾸 뒤를 힐끗거리며 발을 더디게 옮겨 주방으로 향했다.

그러는 사이.

정 PD는 카메라 감독으로부터 촬영용 캠코더 하나를 건네받으며 고맙다는 인사를 건넸다.

"말씀하셨던 여기 있습니다. 배터리 가방도 옆에 둘게요."

카메라 감독은 영 미덥지 못하다는 듯한 표정을 지으며 정 PD에게 물었다.

"감독님, 진짜 촬영 직접 하시려고요? 안 힘드시겠어요?"

"예, 오랜만에 옛날에 다큐 찍을 때도 생각나고 좋은데요."

"웬일이랍니까. 이렇게 카메라 잡으시는 거, 정말 오랜만이지 않으세요?"

"그냥요. 때마침 맡고 있던 프로그램 끝날 때여서 타이밍이 좋기도 했고…….."

카메라 감독과 대화를 나누던 정 PD의 시선이 주방으로 향하는 도진의 뒷모습을 따라갔다.

"찍어 보고 싶더라고요, 오랜만에."

가장 마지막으로 주방으로 들어선 도진을 반기는 것은 이곳저곳 빠지지 않고 설치된 촬영용 카메라들이었다.

개중에는 카메라 감독이 직접 조정해서 대상에게 따라붙을 수 있는 카메라도 있었고, 사람의 움직임에 따라 움직이는 팔로우 캠도 있었다.

직원들을 자신을 따라 움직이는 카메라가 신기했는지 요리 갔다 저리 갔다 하며 신기한 장난감을 발견한 고양이처럼 눈을 빛내고 있었다.

'저리도 신기할까.'

이미 몇 번의 방송을 거친 도진은 카메라에 익숙해진 상태였다.

특히 이렇게 곳곳에 관찰 카메라처럼 설치된 카메라들은 '서바이벌 국민 셰프' 촬영 당시에도 많이 보았다.

그렇기에 이 정도의 카메라들은 신기하지도 않았던 도진은 여태 주변을 두리번거리며 카메라를 찾는 직원들을 보고 '피식'하며 웃음을 터트리며 생각했다.

'이제 슬슬 일을 시작해 볼까.'

그때, 도진의 마음을 알아차린 듯 수 셰프인 김명호가 직원들을 향해 말했다.

"자, 다들 주목!"

도진은 김명호를 향해 고맙다는 뜻의 눈인사를 가볍게 한 뒤, 입을 열었다.

"우선, 지난 시즌 다들 고생 많으셨습니다. 이번 시즌도 지난 시즌처럼 준비하게 될 예정입니다."

가볍게 목을 가다듬은 도진이 말을 이었다.

"오픈 전 시식회까지 남은 시간은 총 12일이니, 3일은 메뉴 개발에 대해 논의할 예정입니다. 그리고 이후 4일은 직접 테이스팅하고 메뉴 교육을 하며 개선점이 있다면 메뉴 수정을 진행할 것이며, 홀 직원분들이 출근하기 전까지는 메뉴를 손에 익히는 작업을 할 예정입니다."

직원들은 어느새 모두 도진의 말에 귀를 기울이고 있었다.

"우선 각자 맡은 라인에 휴가 동안 쌓인 먼지 먼저 치우고, 기본 재료 손질 마친 뒤, 메뉴 개발 회의 하도록 하겠습니다."

도진이 잠시 말을 멈춘 사이, 서수림이 궁금하다는 듯 물었다.

"이번에 메뉴 리스트는 지금 몇 개 정도 나왔나요? 더 추가하실 건가요?"

지난 시즌, 메뉴 개발 회의는 도진이 주제에 맞는 여러 개의 메뉴 레시피 리스트를 만든 뒤 그중에서 픽업해서 개선해 나가는 방식이었다.

그러니까 서수림은, 이번에도 그런 식으로 진행이 되는지, 그렇다면 얼마나 준비되어 있는지 묻고 있는 것이었다.

'금방 알게 될 텐데. 참 성격 급해.'

도진은 서수림을 바라보며 질문에 대한 대답을 했다.

"지금 준비된 메뉴는 총 스무 개 정도이며, 서너 개 정도 더 추가해서 회의 진행할 예정입니다."

도진은 자신을 바라보고 있는 열 쌍의 눈을 쓱 훑어본 뒤 말을 이었다.

"마지막으로 이번 시즌 주제는, 바다입니다. 충분히 고민해 보시고 이따 회의할 때 자유로운 의견 받도록 하겠습니다. 그럼, 공지는 이걸로 끝이니 이제 할 일 할까요?"

"예, 셰프!"

"예, 셰프!"

공지가 끝나자 직원들은 일사불란하게 흩어져 각자 자신이 맡은 파트를 청소하기 시작했다.

카메라가 신기하다며 두리번거리던 모습은 온데간데없고,

순식간에 집중해서 자신의 할 일을 하는 주방 직원들의 모습에는 진지함만이 남아 있었다.

도진은 그런 그들을 보며 사무실로 향했다.

그리고 정 PD는 어느새 그런 도진을 뒤따라가고 있었다.

한 손에 카메라를 든 채로.

✦

정 PD가 빠르게 걸음을 옮기는 도진을 향해 카메라를 들이밀며 물었다.

"어디로 가시는 건가요?"

"사무실요. 어제 구상하던 메뉴도 정리해야 하고, 확인해서 결재 올려야 하는 서류들도 있어서요."

"결재를 올려요?"

"저희는 재료 이외에 큰 비용들이 나갈 때는 최 셰프님께 보고하고 있거든요."

"그러면 상당히 불편하실 것 같은데, 괜찮으시가요?"

"어쩔 수 있나요. 제가 헤드 셰프로 있기는 해도, 객원 셰프니까요. 제 가게도 아닌데 마음대로 비용을 결제할 수는 없는 노릇이죠."

도진은 그렇게 말하며 도착한 사무실의 문을 벌컥 열었다.

사무실은 2평 남짓한 작은 공간이었다.

책상 하나에 마주 보는 의자 두 개, 그 위에 올려진 컴퓨터 한 대. 그리고 옷을 보관할 수 있는 캐비닛과 서류를 보관하는 듯한 작고 낮은 서랍 하나.

마지막으로 접이식 침대까지.

좁은 공간이었지만 알차게 가구가 들어가 있었다.

도진은 사무실에 도착하자마자 급한 서류들 먼저 확인 후 처리하기 시작했다.

정 PD는 그런 도진을 가만히 두지 않았다.

"무슨 서류를 보시는 겁니까?"

"저희 고용 계약서 확인하고 있습니다. 이번에 직원 한 분이 개인 사정으로 퇴사하셔서, 새 직원을 한 명 뽑았거든요."

"그런 것도 직접 확인하시나요?"

"객원 셰프기는 해도, 일단 제가 헤드 셰프니까요. 그래도 꾸준히 함께 가게 될 사람은 수 셰프님이다 보니, 함께 회의해서 결정했습니다."

도진은 서류를 빠르게 확인한 뒤, 곱게 모아 책상 한편에 모아 두었다.

그리고 이내.

펜을 잡더니 노트의 빈 곳을 찾아 무언가 끄적이기 시작했다.

정 PD는 그 모습도 놓치지 않았다.

카메라를 가까이 들이밀며 도진이 무엇을 적고 있는지 찍으며 물었다.

"이제 메뉴 레시피 정리하시는 건가요? 보통 어떤 식으로 구상하죠?"

"그냥 그때그때 주제에 맞게 떠오르는 걸 구체화시키는 겁니다. 직관적으로 볼 수 있게 그림으로 그려 두는 편이에요."

도진은 그런 정 PD의 질문에 대답을 해 준 뒤, 다시금 노트를 향해 고개를 돌렸다.

사각- 사각-.

사무실에는 연필의 필기 소리만 울려 퍼졌고…….

정 PD가 집중하고 있는 도진의 얼굴을 클로즈업하는 순간.

그의 눈이 카메라 렌즈 너머의 도진의 눈과 마주쳤다.

"PD님, 죄송하지만 나가 주실 수 있나요? 제가 혼자 있어야 집중이 더 잘돼서요."

도진의 나지막한 한마디.

별안간 정 PD를 향한 축객령이 틀림없었다.

천재셰프
회귀하다

셰프님은 셰프님

정 PD는 조용히 사무실의 문을 닫고 나왔다.

'천재들은 원래 예민하다고 그러던데, 뭐 그런 건가.'

도진의 축객령이 썩 기분이 좋지는 않았으나, 그러려니 했다.

아니, 오히려 지금이 기회라고 생각했다.

정 PD는 어느새 청소를 끝내고 양파와 같은 재료들을 손질하고 있는 직원들에게로 향했다.

가장 처음으로는 수 셰프인 김명호에게 다가갔다.

"수 셰프님 맞으시죠?"

"아, 네. 맞습니다. 무슨 일이신지⋯⋯."

"다른 건 아니고, 잠깐 인터뷰할 수 있을까요?"

그렇게 시작한 인터뷰는 모든 직원의 멘트를 따낼 때까지 끝나지 않았다.

정 PD는 그들에게 세 가지의 공통적인 질문을 던졌고, 개인 성향에 따라 대답의 스타일이 모두 달랐다.

누구는 길게, 누구는 간결하게.

김명호는 물어본 것에 관한 질문만 짧게 대답했으며, 그 이외에는 굳이 말하지 않았다.

"아틀리에는 어떻게 어떻게 일하게 된 건가요?"

"최석현 셰프님이 권유해 주셔서 일하게 되었습니다."

그렇기에 정 PD가 추가로 질문을 할 수밖에 없었다.

"최석현 셰프님은 어떤 인연으로 명호 씨에게 권유를 해 주신 걸까요?"

"아, 저는 최 셰프님의 파인다이닝에서 일하다가, 이쪽에서 일해 보지 않겠냐는 권유를 받아서 옮기게 되었습니다."

그러나.

"아틀리에의 운영 방식에 대해서 어떻게 생각하시나요? 시즌제 운영이라든가, 객원 셰프에 대해서요."

서 수림의 경우에는 하나의 질문을 하면 묻지 않은 것까지 족히 열 가지는 넘는 대답들이 돌아왔다.

"아, 처음 아틀리에 오픈한다고 했을 때 다들 걱정이 많았는데, 저는 사실 수 셰프님이 같이하자고 한 거라 오케이 한 거예요. 제가 수 셰프님 진짜 좋아했거든요. 아, 그게 왜 그런 거냐며, 예전에 같이 일했던 적이 있었는데 진짜 너무 멋있는 거예요. 남자 대 남자로서 진짜. 아무튼 그래서…….”

정 PD는 서수림의 대답을 들으며 귀에 피가 나는 듯한 기분이 들었다.

몇 번이고 말을 끊고 다음 질문으로 넘어가려고 했으나.

“수림 씨, 그러면 김도진 셰프님은…….”

“아, 우리 셰프님요? 우리 셰프님도 멋지긴 하죠. 제가 여자였으면 진짜 한 번에 반했을지도. 아무튼 그래서…….”

서수림은 호락호락하지 않았다.

그렇게 한 명씩 모든 직원의 인터뷰를 마친 정 PD는 마지막 질문에 대한 답을 곱씹고 있었다.

‘도대체 그게 무슨 의미인 거지?’

도무지 그들의 대답이 무슨 뜻인지 정확히 알 수 없었기 때문이다.

앞 두 질문이 ‘아틀리에’에 관한 질문이었다면, 마지막 질문은.

“김도진 셰프님은 어떤 분인가요?”

도진에 관한 질문이었다.

직원들의 대답이 각자의 스타일에 따라 표현이 조금 다를 뿐, 모두 같은 의미를 담고 있었다.

그것은 바로.

“음…… 셰프님은, 셰프님이세요.”

"네? 그게 무슨……."

정 PD는 그 대답에 의문을 가졌다.

'도대체 저게 무슨 말이야? 셰프가 셰프지. 이 무슨 당연한 소리를……. 김도진이 어떤 사람이냐고 물었더니 돌아오는 대답이 셰프라니, 직급을 물은 게 아닌데 말이야.'

처음 대답은 그렇다 치고 넘어갔다.

하지만 한 명씩 인터뷰를 이어 갈수록, 모두의 답이 결국 같은 의미인 것을 눈치챈 정 PD가 서수림에게 물었다.

"저, 수림 씨. 아까 인터뷰했던 내용 중에 말입니다. 셰프님은 셰프님이라는 말이 도대체 무슨 뜻입니까?"

서수림이 정 PD의 물음에 고개를 갸우뚱하며 대답했다.

"아니, 셰프님이 셰프님이라는데 별다른 뜻이 있나요?"

하지만 돌아온 대답은 전혀 그의 성에 차지 않았다.

"그러니까, 그게 도대체 무슨 뜻입니까?"

"말 그대로의 뜻이에요. 그러니까 이게 무슨 말이냐면……."

정 PD의 물음에 대답하려던 서수림이 잠시 멈칫하다 말을 이었다.

"아, 이걸 뭐라고 설명해야 한담. 그냥 한번 셰프님을 지켜보세요. 그럼 아시게 될 거예요!"

아리송한 서수림의 답변에 정 PD의 두 눈에는 물음표만 뜰 뿐이었다.

그렇게, 정 PD는 본격적으로 도진을 따라다니며 그의 하루 일과에 대해 주목하기 시작했다.

한편 도진이 홀로 남은 사무실은 조용했다.

무사히 두 번째 시즌을 마무리한 뒤, 세 번째 시즌의 시작을 앞둔 지금.

도진의 어깨는 더욱 무거워진 듯했다.

논란의 중심이었던 '아틀리에'의 두 번째 시즌이 모두의 걱정을 깨고 성황리에 마무리되었다.

잘되어도 너무 잘됐다.

그만큼 '아틀리에'와 도진에게 쏠린 관심은 더욱 커졌고…….

그렇기에 도진은 이번 시즌을 준비하는 데에 있어 더 오래 고민을 할 수밖에 없었다.

'전 시즌만큼, 아니 전 시즌보다 더 잘돼야 해.'

그런 마음가짐으로 수도 없이 고민한 결과.

도진이 고른 세 번째 시즌의 주제는 다름 아닌 '바다'였다.

세 번째 시즌은 오월의 마지막 날, 시식회를 하게 된다.

그렇다면 정식으로 시즌이 오픈되는 것은 유월부터 팔월까지.

완연한 여름이 분명했다.

그리고.

'여름 하면 바다지.'

사실 이런 직관적으로 판단할 수 있는 주제를 고른다는 것은 쉽지 않은 일이었다.

모두 각자가 생각하는 바다의 이미지라는 게 있었기 때문이다.

누가 봐도 '바다'를 떠올릴 수 있게끔 만드는 것이었다.

도진은 그것이 이번 시즌의 키포인트가 되리라 생각했다.

가장 중요한 것은, 바다를 연상시키는 것.

그리고 도진은 그것에 관해서 만큼은 그 누구보다 자신이 있었다.

'플래이팅은 내 전문 분야지.'

도진은 쉬지 않고 손을 움직였고, 사무실에는 연필이 사각거리는 소리만이 들렸다.

그리고 이내 모든 소리가 멈추고, 조용한 적막이 찾아온 순간.

"다 했다."

도진이 노트를 들고 일어섰다.

한참을 집중한 덕에 도진은 기력이 빠진 듯 크게 숨을 푹 내쉬고는 모두가 모여 있을 주방으로 향했다.

이윽고.

주방에 도착한 도진이 수 셰프인 김명호를 향해 물었다.

"청소랑 재료 손질은 끝난 건가요?"

"네, 이제 신입 직원 교육 준비 중이었습니다."

"그럼 그건 조금 뒤로 미루고, 메뉴 개발 회의부터 한번 해 볼까요?"

김명호는 도진의 말에 고개를 끄덕이며 직원들을 소집했다.

그러는 사이, 도진은 패스 테이블에 미리 준비해 뒀던 스무 개의 메뉴 레시피와, 방금 전 사무실에서 구상을 마친 네 개의 메뉴를 공책에서 찢어 가지런히 올려 두었다.

김명호의 호출에 직원들이 모두 모이는 것은 순식간이었고…….

한곳에 모인 직원들은 테이블 주변으로 넓게 서서, 테이블을 둘러싸는 듯한 모양새가 되었다.

도진은 이리저리 종이의 순서들을 옮겼고, 이내 패스 테이블에 올려져 있던 신메뉴 리스트는 여섯 개씩, 총 네 줄로 정리되었다.

직원들은 거북이처럼 목을 쭉 빼고 패스 테이블에 놓인 신메뉴 레시피를 훑어보며 저마다 한마디씩 내뱉었다.

"오, 대박! 이번에는 음료 파트도 있나 봐."

"와, 셰프님! 저는 이게 제일 좋아요!"

"저는 이거. 어떻게 만들어질지 궁금해요."

"이것도 재미있을 것 같은데요. 하와이안 느낌 날 것 같아요! 이거 장식용 소품도 사는 거예요?"

"한 분씩 천천히 의견 받을게요."

도진은 제각기 의견을 내는 직원들의 모습에 못 말린다는 듯 웃으며 그들을 진정시켰다.

그러고는 급히 말을 덧붙였다.

"아, 그리고 눈치채셨겠지만…… 첫 줄은 전채 요리, 두 번째 줄은 메인, 세 번째 줄은 식사 메뉴입니다. 그리고 이번 시즌은 여름이니만큼 기본적으로 판매되던 주류나 음료 메뉴를 제외하고도, 자체적으로 만든 메뉴를 판매해 볼까 하니 자유롭게 의견 부탁드립니다."

"저는 음료 만들어서 파는 거 너무 좋아요! 재미있을 것 같은데요?"

서수림은 그저 신이 난 듯 도진의 말에 응답했다.

가장 현실적인 질문을 던진 것은 수 셰프인 김명호였다.

"근데, 그럼 음료 파트는 누가 맡게 되나요?"

"음료는 소믈리에인 예진 씨가 맡아 주실 듯합니다. 음료는 오늘 중으로 어떤 메뉴 판매할지 결정해서 내일 예진 씨 출근하시면 시음해 보고 레시피 픽하면 될 것 같습니다."

도진과 김명호는 그 후로도 몇 차례 더 대화를 주고받았고…….

"여기 메인의 연어 스테이크의 경우 지난 반응이 좋았기 때문에 그대로 스테이크 자체로 가져가되 주제 콘셉트에 맞도록 레시피를 좀 변형해서 이렇게 만들어 볼 예정입니다."

"셰프님, 이 부분은 파래로 표현해 보면 어떨까요?"

"그거 괜찮을 것 같은데요. 그럼, 여기는 이렇게 수정하고……."

중간중간 자신의 파트 레시피가 나올 때면 라인 쿡들도 끼어들어 본인의 의견을 피력했다.

그리고 그렇게 모두 한 번씩은 자신의 의견을 꺼낼 때, 유일하게 '나는 아무것도 몰라요.' 하는 표정으로 그들을 바라보고 있는 이가 있었으니.

그건 바로 오늘 첫 출근을 한 새로운 막내.

김정우였다.

열띤 토론을 진행하고 있는 도진과 직원들 사이.

유난히 풋풋하고 어린 얼굴을 한 남자는 누가 봐도 바짝 군기가 들어있는 사회 초년생의 모습이었다.

'와, 진짜 신기하다.'

김정우는 지금 자신이 정말 그 '아틀리에'의 주방 한가운데에 있다는 것을 실감하고 있었다.

2년제의 호텔조리학과를 졸업한 뒤.

절묘한 타이밍 덕에 요리하는 사람들의 화제에 중심에 섰던 '아틀리에'에서 일할 기회를 얻은 김정우는 눈앞에 벌어지고 있는 일들이 정말 현실인지 믿기지 않았다.

자유롭게 의견을 나누며 신메뉴 개발을 위해 토론하는 선배 요리사들의 모습은 그야말로 자신이 동경했던 모습 그대로였다.

'어떻게 저렇게 순간적으로 의견들을 낼 수 있는 거지?'

아무리 학교에서 요리를 배웠다고는 하더라도, 메뉴 개발을 하는 과정에 대해서는 제대로 보는 것은 이번이 처음이었다.

학기 중 실습을 나갔던 곳의 경우는 호텔의 주방이었기 때문에 이미 모두 나와 있는 메뉴의 레시피를 익히기만 하면 되었기 때문이다.

그렇기에 김정우의 눈은 지금 누구보다 초롱초롱 빛나고 있었다.

그리고 그런 김정우를 유심히 살펴보던 이가 있었으니.

"저기, 혹시 잠깐 인터뷰 좀 할 수 있을까요?"

정 PD가 핸드캠을 든 채 김정우에게 말을 걸었다.

"네? 저요? 저는 왜…….”

"잠깐 나갈까요?"

정 PD는 김정우를 데리고 열띤 메뉴 개발 회의로 인해 시끄러운 주방을 벗어나 홀로 나왔다.

텅텅 빈 홀의 자리 중 적당한 곳에 김정우를 앉힌 정 PD

가 카메라의 포커싱을 김정우에게 맞춘 뒤 물었다.

"정우 씨는 오늘이 첫 출근이죠? 이곳에서 일하게 되니 어떤가요?"

"어……."

정 PD의 질문에 김정우는 얼떨떨한 표정으로 대답했다.

"사실 믿기지 않아요."

"어떤 점이요? 이곳에서 일하고 있다는 거?"

"네. 사실 최석현 셰프님같이 유명하신 분이 오픈하는 곳은 일하려는 사람이 넘쳐서 이렇게 정말 신입을 뽑는 경우는 드무니까요. 저는 운이 좋았죠. 게다가……."

김정우는 부끄러운 듯 정 PD의 시선을 피하며 조심스럽게 입을 열었다.

"제가, 사실 김도진 셰프님 팬이거든요. 서바이벌 나오셨던 것도 본방송으로 봤습니다."

"오, 어쩌다가 팬이 되신 거예요?"

"한창 진로 고민할 때였는데, 자기가 하고 싶은 일을 확고하게 정하고 있다는 게 멋있더라고요. 셰프님이 미션 거쳐가면서 이길 때마다 괜히 제가 이긴 것 같고 막……."

말을 잇던 김정우가 머쓱하게 웃었다.

"아무튼 그래서 셰프님 보면서 제가 이 길을 선택한 것에 대해 마음을 다잡을 수 있었습니다."

"그러면 정우 씨는……."

두 사람이 홀에서 조용히 인터뷰를 이어 가던 중.

"아니, 그러니까! 그렇게 하면 힘들어진다니까요!"

"그래서 제가 이렇게 만들어 온 거 아닙니까!"

주방에서 연달아 큰 소리가 났다.

두 목소리가 멈추지 않고 크게 목청을 높이며 말하는 소리에 깜짝 놀란 정 PD와 김정우는 급히 주방으로 향했고…….

그곳에는 서로 마주 본 채 못마땅한 표정으로 언성을 높이고 있는 도진과 수 셰프의 모습이 보였다.

김정우. 입사 1일 차.

'이게, 도대체 무슨 일이지? 혹시 나 좀, 잘못 온 건가……?'

인생 최대의 난관을 마주한 듯한 기분이 들었다.

급히 주방에 도착한 김정우는 놀란 마음에 토끼 눈이 된 채 이러지도 저러지도 못하고 안절부절못했다.

홀 입구와 가장 가까운 주방 입구, 패스 테이블 그 가운데, 도진과 수 셰프 김명호는 서로를 향해 몸을 기울인 채 금방이라도 우격다짐이라도 할 것 같은 모양새였다.

"안 돼요."

"해야 한다니까요."

눈을 맞춘 채 으르렁거리는 도진과 김명호의 모습은 금방이라도 터지기 직전의 시한폭탄을 바라보고 있는 것 같은 착각이 들게 했다.

"셰프님, 제가 분명히 전에도 똑같은 문제로 말씀드렸잖습니까."

"그래서 저번에도 잘 해결하고 넘어갔잖아요."

두 사람은 한 치의 물러섬도 없었고, 전혀 양보할 생각이 없는 듯 서로 마주친 눈을 피하지 않고 있었다.

분명 누가 보기에도 일촉즉발의 상황.

하지만 주방은 왜인지 모르게 너무 평화로웠다.

그곳에 당황하고 있는 사람은 오로지 김정우와 정 PD 두 사람뿐이었다.

정 PD는 도진의 처음 보는 모습에 무척이나 놀랄 수밖에 없었다.

도진의 인상 자체가 조금 날카로운 이미지는 맞았다.

게다가 서바이벌 프로그램에 나온 도진의 모습은 곳곳에 까칠함이 묻어 있긴 했다.

하지만 정 PD가 직접 마주한 그의 첫인상은 몇 안 되는 휴가에도 늦은 시간까지 부모님을 도와드리는 건실한 청년이었다.

그리고 다큐멘터리 촬영을 위해 계약 조항을 함께 논의하던 도진의 모습은······.

-제 출연료보다는 촬영 내내 얼굴을 비출 수밖에 없는 다른 직원분들에게 챙겨 드리고 싶은데, 가능할까요?

-그래도 괜찮으시겠어요?

-저한테 중요한 건 출연료가 아니니까요. 저보단 직원분들께 드리는 게 더 잘 사용하실 수 있을 것 같네요.

-그럼 무슨 목적으로 나오신 건가요?

-저는 그냥 제 셰프로서의 자질을 입증하고 싶어서 하겠다고 한 것뿐입니다.

목적이 다르다고 말하기는 했지만, 그냥 자신이 챙길 수도 있는 금액이었다.

하지만 그걸 직원들에게 주겠다고 말하다니.

이러니저러니 해도 정 PD가 본 김도진은 자기 아랫사람들을 알아서 챙길 줄 아는 세심한 셰프였다.

그런 도진의 모습을 봤기에 정 PD는 도진이 보이는 것보다는 좀 더 부드럽고 다정한 줄 알았다.

하지만.

'성깔이 장난이 아닌데?'

오히려 더 흥미로웠다.

정 PD가 잔뜩 얼어 있는 김정우의 곁으로 좀 더 다가가 조용하고 낮은 목소리로 입을 열었다.

"괜찮으세요? 많이 놀라신 것 같은데."

"네. 그보다 이게 무슨 일인지……."

"그러게요. 정말, 이게 무슨 일일까요."

언제 당황했냐는 듯 잔잔한 목소리로 대답을 한 정 PD는 즐겁다는 듯 한쪽 입꼬리가 슬며시 올라가 있었다.

그리고 손에 쥐고 있던 촬영용 핸디캠을 들어 두 사람에게 포커싱을 맞췄다.

반면.

김정우는 여전히 똥 마려운 강아지처럼 발만 동동 구르며 안절부절못하고 있었다.

"어떡해요? 누가 말려야 되는 거 아니에요?"

그런 김정우를 진정시킨 건 어느새 그들의 곁에 다가온 김정우가 들어오기 직전까지 주방의 막내였던, 정상엽이었다.

"아니, 괜찮아. 좀 놔두면 금방 두 분이 알아서 정리하실 테니까."

익숙하다는 듯 말하는 정상엽도 분명.

처음 두 사람이 이렇게 목소리를 높여 가며 회의하는 걸 처음 보았을 때는 놀란 마음을 쉬이 진정시키지 못했었다.

하지만 이제는 알고 있었다.

그들이 진정으로 싸우는 것이 아니라는 것을.

하지만 이런 광경을 처음 본 김정우로서는 쉬이 진정할 수 없는 노릇이었다.

정 PD도 마찬가지였다.

두 사람이 저렇게 서로 이빨을 드러내고 으르렁거리고 있는데, 저게 싸우는 모습이 아니라면 도대체 무엇이란 말인가.

　　이쯤 되면 원래 사이가 나빴던 게 아닌가 하는 의심이 들 정도였다.

　　'혹시 모를 일이기는 하지. 누가 자기보다 어린 수석 주방장을 좋다고 덜컥 받아들이겠어. 인터뷰할 때 말이 짧았던 건 그래서인가?'

　　도진의 의견에 반대하고 있는 수 셰프 김명호가 무슨 생각을 하고 있는지는 아무도 모를 일이었다.

　　정 PD가 정상엽을 바라보며 슬쩍 질문을 던졌다.

　　"싸우는 게 아니면 저건, 뭐 하는 겁니까?"

　　순전한 호기심이 담긴 물음이었다.

　　정상엽의 말대로 정말 싸우는 게 아니라면, 도대체 무엇일까.

　　잠시 정 PD를 바라본 정상엽이 웃으면서 대답했다.

　　"그냥, 회의하는 겁니다. 지난 시즌에도 저러셨어요. 저도 처음 봤을 때는 진짜 놀랐는데…….."

　　정상엽이 한숨을 푹 내쉬며 말을 이었다.

　　"워낙에 셰프님이 좋은 요리를 내고 싶다는 욕심이 크셔서, 항상 최고치를 바라시거든요. 그러다 보니까 수 셰프님은 메뉴 가격이나 마진율 같은 걸 신경 쓰실 수밖에 없어서, 보통 이렇게 회의하면서 중간 지점을 찾는 거예요."

천재셰프
회귀하다

정 PD가 그의 말을 듣고 있던 사이.

두 사람은 어느새 극적 타결을 했는지 어쩔 수 없다는 듯 서로 자신이 양보한다는 듯한 표정을 하고 손을 맞잡고 있었다.

도진은 이미 이 레시피를 만들면서부터 김명호가 이런 반발을 하리라는 것을 알고 있었다.

사실은 도전적인 메뉴가 맞았다.

'분자 요리.'

음식의 질감과 조직, 요리 과정을 과학적으로 분석해 새로운 맛과 질감을 개발하는 것.

화학과 물리를 이용해 식자재의 맛과 향을 그대로 유지시키면서 새로운 모양으로 요리를 만들어 내는 것을 분자 요리라도 말한다.

단지 미각, 시각, 후각만이 중심이 되어 음식을 만드는 것이 아닌, 오감의 감각기관을 이용해 독창적인 요리 과정을 통해 감각적인 요소들을 찾아내는 것이었다.

본격적으로 분자 요리를 만들기 위해서는 이런저런 준비할 것들이 많았기 때문에, 이런 비스트로에서는 쉬이 접할 수 없는 것이 사실이었다.

아직은 파인다이닝 위주로 찾아볼 수 있었으나, 머지않아 그냥 보통의 이런 비스트로에서도 충분히 나올 수 있는 메뉴들이었다.

그리고, 사실 분자 요리라는 말 자체가 익숙하지 않아서 그렇지, 분자 요리 자체는 곳곳에서 볼 수 있다.

가장 쉽고 빠르게 떠올릴 수 있는 것은 바로 '솜사탕'이다.

솜사탕은 130도의 열을 가해 고분자 속에서 회전시켜서 설탕의 가벼운 분자를 고분자로 만들어, 실 모양으로 만들어 내는 것이었다.

그렇기에 도진은 이 정도의 분자 요리는 충분히 해도 되리라 생각했다.

하지만 생각보다 김명호의 반발이 더욱 컸다.

"이런 비스트로에서 누가 분자 요리를 한답니까! 외국에서도 안 그러겠어요!"

이해는 할 수 있었다.

이번 시즌 이후로 사용할지 말지도 모르는 분자 요리 기계들을 산다는 게 충분히 부담될 수 있었다.

게다가 낯선 요리들은 손님들에게 반감이 될 수 있기도 했다.

하지만 도진의 의지는 확고했다.

'이게 이번 시즌의 시그니처가 되어야만 해.'

이미 머릿속으로 그려 놓은 이미지가 다 있었기 때문이다.

도진이 생각하는 요리의 세계는 무궁무진했다.

좀 더 많은 대중에게 다양한 요리를 선보이고, 그 요리에 익숙해질수록 더 다양한 아이디어와 요리들이 나오기 마련이었다.

  그렇기에 도진은 쉽게 포기할 수 없었다.

  "비스트로에서 이런 요리를 낼 수 없다고 법으로 정해 놓기라도 했습니까? 그건 편협한 시선이 만들어 낸 편견일 뿐입니다!"

  "그러니까 이건 실현하기 어렵다니까요! 품도 너무 많이 들잖아요. 분자 요리고 뭐고 다 떠나서 단가가 안 맞습니다."

  "제가 그래서 다른 재료들 단가 맞춘다고 상대적으로 저렴하게 구할 수 있는 재료들로 골랐잖아요. 대두 레시틴도 그렇고!"

  "그럼 솔직히 양심적으로 마지막으로 하나만 더 바꿉시다."

  "어떤 겁니까?"

  "파스타 면요. 오징어 먹물은 아무리 생각해도 무리입니다. 파스타 면을 두 종류나 뽑게 되면 분명 손도 많이 가고, 교차로 쓸 수도 없으니 분명 손실이 생길 게 뻔합니다."

  "그렇게까지 해야겠어요?"

  "비용이 될 법한 것들을 조금이라도 줄여 보자고요."

  "후- 알겠습니다. 그럼 기본 면으로 한번 바꿔 보죠."

  도진은 한숨을 푹 내쉬고는 펜을 들어 레시피를 적어 둔 종이에 무언가를 휘갈겼다.

서로가 조금씩 양보한 덕에, 도진과 김명호는 그제야 두 손을 맞잡을 수 있었다.

"고생하셨습니다."

"제가 무슨, 고생은 셰프님이 하셨죠."

도진은 언제 언성을 높였었냐는 듯, 금세 평정을 되찾은 모습으로 악수를 한 뒤.

"자, 그럼 이제 한번 만들어 볼까요?"

"필요한 재료가 부족한 것 같은데, 어떻게 만들죠? 주문해야 하는 거 아닌가요?"

"다 준비해 놨죠."

김명호의 말에 씩 웃으며 대답한 도진은 본격적인 요리를 시작하기에 앞서 다시 한번 더 앞치마를 동여맸다.

도진이 이토록 해야만 한다고 주장했던 요리는 사실 그렇게 거창한 게 아니었다.

그저 어느 양식집에서나 볼 수 있을 법한 봉골레 오일 파스타일 뿐이었다.

도진은 능숙한 손길로 파스타를 만들어 냈다.

순식간에 완벽하게 만들어진 파스타를 넓은 접시를 꺼내

플래이팅했다.

그리고 도진은 미리 준비해 온 가방에서 무언가를 꺼내며 말했다.

"자, 그럼 지금부터 시작해 볼까요?"

"셰프님, 이거 하고 싶어서 어떻게 참으셨어요?"

기세등등하게 웃으며 말하는 도진의 모습에 김명호가 헛웃음을 지었다.

그러거나 말거나.

도진은 컵에 올리브 오일을 듬뿍 담은 뒤, 가방에서 꺼낸 대두 레시틴을 정량에 맞춰 두 스푼 넣었다.

레시틴이 잘 녹을 수 있도록 섞은 도진은 거품을 낼 수 있는 기계를 꺼내 들었다.

'이걸 이렇게 써 보는군.'

새로운 장난감을 받은 어린아이처럼 신난 표정을 한 도진은 거품을 만들어 내기 위해 공기를 가득 넣어 작은 거품이 아닌, 좀 더 큰 크기의 거품을 만들어 냈다.

그리고 이내.

접시에 담아 둔 파스타 위에 조심스럽게 여러 개의 풍선이 엮인 듯한 모습의 거품을 올려 음식을 완성했다.

"자, 이제 드셔 보시죠."

직원들은 도진이 내민 그릇을 위에서 내려다보며 작게 감탄을 내뱉었다.

"와…… 진짜 예쁘다."

"사진 찍고 싶은 비주얼인걸요?"

"진짜, 이거 찍어도 돼요?"

보통의 봉골레 오일 파스타의 플레이팅과는 다른 비주얼
이었다.

대부분 파스타는 면을 가장 밑에 깔아 두고, 그 위에 재료
들을 돋보이게 올린다.

아니면 가운데 면을 담고, 그 옆으로 재료들을 둘러 플래
이팅하곤 했다

하지만.

도진은 면을 잡아 둔 뒤, 먼저 메인이 되는 바지락을 접시
가장 밑에 쏟아 냈다.

그리고 그 위에 면을 올린 뒤, 두세 개의 바지락을 면 위로
올렸다.

직원들은 모두가 그 모습에 의문을 느꼈으나, 요리가 모두
완성된 뒤.

도진의 플레이팅을 이해할 수 있었다.

"와 진짜. 왜 이렇게 담으시는 건가 했는데."

"큰 거품 밑에 깔린 면이랑 틈틈이 보이는 바지락이 투명
한 물 밑으로 보이는 모래사장 같아요."

"맞아, 완전! 바닷가에서 조개껍데기 찾는 기분이야."

도진은 흐뭇한 표정으로 직원들을 바라보며 물었다.

"맛은 괜찮나요?"

"맛이야 두말할 것 없죠. 아시면서 물어보시네요. 거품이 톡톡 터지는 게 재밌네요."

김명호가 도진의 물음에 입가를 닦으며 대답했다.

"왜, 그렇게 해야 한다고 박박 우기셨는지 알 것 같은 비주얼입니다. 바다네요."

"그렇죠?"

그렇게 반대했던 김명호의 호평에 도진이 웃으며 그를 바라보았다.

"아직 좀 손봐야 하겠지만, 이 정도면 충분히 제가 표현하고 싶은 느낌을 아셨으리라고 생각됩니다."

"네, 어떤 느낌인지 이해했습니다. 개인적으로 여기에 드문드문 파래나, 파슬리를 플래이팅 해도 충분히……."

"오, 그거 괜찮네요."

"셰프님! 이건 어떨까요?"

시식하던 직원들이 김명호의 의견을 시작으로 제각기 의견을 내기 시작했다.

세 번째 시즌의 시그니처 요리.

얕은 바닷가에 햇빛이 비쳐서 물결이 반짝이는 것같이 보이는 모습을 나타낸 도진의 봉골레 오일 파스타를 시작으로…….

비로소 다음 시즌을 위한 본격적인 준비가 시작되고 있

었다.

그리고 정 PD는 그 모든 장면을 손에 든 핸디캠으로 담아
냈다.

그뿐 아니라 곳곳에 설치된 카메라 렌즈들은 활기를 가득
머금은 주방의 모습을 사각지대 하나 없이 비추고 있었다.

물론 그중에서도 가장 생생하게 그 모습들을 담고 있는 것
은 반짝이며 빛나는 정 PD의 눈이었다.

도진과 수 셰프 김명호의 논쟁이 끝난 뒤.

직접 요리를 시연하고자 움직이는 도진의 모습에 정 PD
는 급히 핸디캠을 들어 도진을 팔로우했다.

정 PD는 처음으로 도진이 주방에서 제대로 요리하는 모
습을 보게 되었다.

정확히 말하자면, 이런 본격적인 주방에서 셰프가 요리하
는 모습을 직접 본 것은 처음이었다.

다른 방송 매체들을 통해서는 본 적이 있었지만, 이렇게
직접 본 것은 느낌이 전혀 달랐다.

분명 그리 어려운 요리는 아니라고 했지만……

냉장고에서 재료를 꺼내 *스토브(*Stove) 앞에 선 도진은
순식간에 눈빛이 달라졌다.

한껏 진지한 모습이었다.

이전에는 도진의 부드러운 말투 덕에 잘 느끼지 못했지만 불 앞에 선 그의 눈빛은 새삼스럽게도, 날카로운 맹수의 눈을 하고 있었다.

'이렇게 진지한 표정을 하고 있으니 확실히 눈빛이 날카롭긴 하네.'

도진은 가장 먼저 불을 켜 냄비에 물을 올렸고, 소금을 한 꼬집 넣은 뒤 물이 끓어오르는 것을 기다리는 틈을 놓치지 않고 파스타에 들어가는 재료들을 손질하기 시작했다.

재료 손질은 순식간이었다.

그리 들어가는 재료가 많지 않았던 탓도 있었지만…….

생마늘 열댓 개를 칼의 넓적한 면으로 빻은 뒤 한데 모아 다지는 도진의 손길에는 누가 봐도 군더더기 없이 깔끔했다.

빠른 손길로 마늘을 다져 낸 도진은 금세 끓어오른 물에 파스타 면을 넣었다.

정 PD가 눈을 가늘게 뜨며 그 모습을 바라보았다.

'보아하니 생면인 듯한데, 직접 뽑는 건가?'

도진이 사용한 파스타의 면은 보통의 꼿꼿하게 건조한 시판 면이 아닌, 직접 뽑은 듯 칼국수 같은 모양새를 하고 있었다.

정 PD가 그런 생각을 하는 와중에도 도진의 손은 멈추지 않았다.

끓는 물에 면을 넣은 도진은 그 옆의 화구에 불을 켜더니, 넓적한 팬 하나를 더 올려 올리브 오일을 듬뿍 뿌렸다.

그리고 그제야 정 PD는 도진이 하려고 했던 요리가 무엇인지 알 수 있었다.

'봉골레 오일 파스타! 이야, 맛있겠는데.'

공교롭게도 그가 제일 좋아하는 파스타였다

정 PD는 저도 모르는 사이 침을 꼴깍 삼키며 숨을 죽인 채, 도진이 요리하는 모습을 카메라에 담았다.

다른 이들도 그의 모습과 별반 다르지 않았다.

모두 조용하게 도진이 요리하는 모습을 바라만 보고 있었다.

주방에는 오로지 도진이 팬을 움직이며 달그락거리는 소리만 날 뿐이었다.

투박하게 다져 낸 마늘을 노릇하게 볶아 준 뒤 잘 해감해 둔 바지락을 팬에 쏟아붓자 '치이이익-.' 하는 소리가 울려 퍼졌다.

뜨거운 팬 위에서 바지락이 하나둘씩 입을 벌리기 시작하자 주방에는 고소한 마늘의 향이 바지락의 짭짤한 향과 뒤섞여 맛있는 냄새를 풍겼다.

그 뒤로는 순식간이었다.

그리 어려운 요리가 아니라고 한 말처럼 도진은 빠르게 요리를 완성해 냈다.

접시를 꺼내 파스타를 옮겨 담기 시작하는 도진의 모습을 보며 정 PD는 순간, 머릿속에 물음표를 띄웠다.

'원래 저렇게 담는 건가?'

그런 생각을 하며 주변을 둘러보자 직원들의 얼굴에도 의문이 담겨 있었다.

보통의 플래이팅과는 다른 것이 분명했다.

그 의문은 이어진 도진의 행동에 답이 있었다.

'아! 저래서……'

정 PD는 비로소 요리의 플래이팅을 끝낸 접시를 보고 깨달았다.

바지락을 바닥에 깔고 면을 위로 올린 이유는 다름 아닌 그 위로 올라가게 될 올리브 오일 거품 때문이었다.

'내 눈으로 이걸 직접, 심지어 그냥 레스토랑에서 보게 될 줄이야. 김도진은 도대체 뭐 하는 애야?'

예능이긴 했지만, 나름대로 요리 프로그램을 만들었던 정 PD였다.

서당 개도 삼 년이면 풍월을 읊는다고, 거진 삼 년간 '목요 미식회'의 출연진들과 여러 게스트를 지켜본 덕에 정 PD도 나름대로 다양한 요리 지식을 갖추고 있었다.

분자 요리는 근래 요리사나 미식가 들 사이에서 핫한 키워드였다.

국내에서는 극히 드물게 파인다이닝에서나 조금씩 분자

요리를 전문적으로 다루기 시작했다.

그런데 이제 갓 주방에 들어선 김도진은 도대체 이런 걸 어디서 배운 건지.

하지만 벌써 놀라기엔 아직 일렀다.

정 PD는 첫날, 도진이 분자 요리를 하는 모습이 가장 놀라울 것이라고 생각했지만……

그게 아니었다.

지난 8일간, 도진을 따라다니며 그의 일과를 관찰한 정 PD는 도진이 사람이 아닌가 하는 의심을 하게 될 정도였다.

시즌 시작을 4일 남겨 둔 도진의 하루는 정말 눈 깜빡하면 지나가 있다고 표현해도 좋을 만큼 빽빽한 일정을 하고 있었다.

아침에 일어나서부터 늦은 새벽 잠들기 직전까지.

이게 정말 사람이 소화할 수 있을 만한 일정인가 의심이 들 정도였다.

다큐를 찍으며 어지간한 산전수전을 다 겪었던 정 PD조차 함께 소화하기 힘든 일정이었다.

심지어 가장 놀랐던 것은, 다름 아닌 도진의 나이였다.

촬영 일정이 중반을 지나고 있을 즈음.

모두가 오랜만에 회식이라며 들떠 발을 움직이고 있는 와중에 도진만은 짐을 챙겨 다른 방향으로 향하는 것을 본 정 PD가 그에게 물었다.

"도진 씨는 다른 사람들이랑 회식하러 안 가시나요?"

"저는 어차피 술도 못 마셔서요. 특별한 날 아니면 보통 이런 식으로 가볍게 하는 회식에는 잘 안 가는 편입니다."

"아, 주량이 약하신가 보네요. 보통 얼마나 마시면 취하시나요?"

"아뇨, 그…… 제가 아직 미성년자라서요."

"네? 그게 무슨?"

"제가 아직 법적으로는 만 18세거든요. 아직 한 번도 술자리는 가져 본 적이 없습니다."

정 PD는 도진의 말에 놀라 자기도 모르게 눈을 크게 뜨고 도진을 바라봤다.

그러자 도진이 머쓱하게 웃으며 볼을 긁었다.

"제가, 나이가 좀 많아 보이기는 하죠."

"아뇨, 아뇨. 그게 아니라……."

정 PD는 다급히 자신의 실수를 사과했다.

그가 이렇게 놀란 것은, 정 PD 자신이 정말 도진을 성인으로 생각하고 있었기 때문이다.

지난 며칠간 지켜본 도진은 주방 일과는 물론, 그 외에 서류 처리들은 물론이고 직원 관리까지 너무나 능숙하고 완벽하게 해냈다.

그래서 정 PD는 도진이 주방에서 오랜 시간 일한 사람이라고 착각하게 된 것이다.

'이게, 이럴 수가 있나……?'

정 PD의 머릿속에 문득 김 PD의 말이 스쳐 지나갔다.

—김도진은 정말 진또배기야. 촬영이 이어질수록 내가
얼마나 놀랐는지 알아?

김 PD의 말이 맞았다.

김도진은 진또배기였다.

늦은 새벽, 도진의 퇴근길.

본래라면 대중교통이 끊겼을 시간이었기에 택시를 타고
귀가했을 테지만…….

오늘은 좀 달랐다.

"이제 퇴근하시는 거죠? 내일이면 더 바빠질 것 같으니까,
그 전에 인터뷰 한 번 더 가능할까요? 제 차로 같이 퇴근하
시죠."

정 PD의 인터뷰 요청이 있었기 때문이다.

그는 이전에도 집까지 함께 와 촬영한 적이 종종 있었던
터라 자연스럽게 네비게이션에서 도진의 주소를 찾아 도착
지로 설정한 뒤.

출발과 동시에 질문을 시작했다.

"어쩌다 아틀리에에서 일하게 된 건가요?"

"이 질문 드디어 해 주시네요. 다른 분들한테는 다 물어보셨다면서요."

정 PD의 첫 질문을 들은 도진이 웃음을 터트리며 말했다.

그 모습에 정 PD가 머쓱하게 따라 웃었다.

"그간 셰프님이 워낙 바쁘셨어야죠. 사실 제대로 인터뷰하는 게 이번이 처음이잖습니까."

"그것도 맞긴 하죠. 음, 아틀리에는 최석현 셰프님이 저를 워낙 좋게 봐주신 덕분에 권유해 주셔서 객원 셰프로 일할 수 있게 되었습니다. 저한테는 정말 좋은 기회였죠."

"그 기대에 부응해서 지난 시즌은 정말 성공적으로 마치신 것으로 알고 있는데, 반응이 워낙 좋았으니 이번 시즌도 지난 시즌의 메뉴를 조금만 바꿔서 내도 되지 않았나요?"

"최 셰프님이 만들고 싶었던 아틀리에는 셰프들이 새로운 도전을 망설이지 않고, 그 덕분에 손님들이 매 시즌 새로운 음식을 맛볼 수 있는 곳이었어요. 저는 그 기대에 부응한 것뿐이고요."

"하지만 쉽지 않았을 텐데요?"

"음식은 상상하는 대로 된다는 것 아시나요? 그렇기에 끊임없이 변화할 수 있고, 다양하고 놀라운 맛있는 음식들을 만들어 낼 수 있다고 생각해요."

집으로 향하는 길 내내 정 PD는 궁금한 것이 많았다는 듯 질문을 멈추지 않았다.

미리 생각하고 있었던 질문들도 있는 듯했고, 도진의 답변을 듣다 보니 궁금해져 질문하게 된 것들도 있는 것 같았다.

하지만 재미있었다.

누군가가 이렇게 자신을 궁금해하며 쉴 틈 없이 질문을 하다니.

새로운 경험이었다.

도진은 집으로 향하는 40분이 고작 10분처럼 느껴질 정도로 짧게 느껴졌다.

정 PD는 도진의 집 앞 현관까지 따라가며 질문을 이었다.

"그럼, 정말 마지막으로, 셰프님에게 요리는 어떤 의미인가요?"

정 PD의 질문에 도진은 잠시 생각하는 듯 고개를 푹 숙였다.

그러다가 이내 고개를 든 도진이 조심스럽게 입을 열었다.

"저는 요리하는 사람들은 손님들의 상에 낼 요리를 절대 허투루 만들지 않는다고 믿어요."

한마디를 내뱉은 뒤 낮게 숨을 내쉰 도진은 다시금 말을 이었다.

"주방 모든 이들의 손을 거치며 정성스럽게 만들어진 요리는 허기진 손님의 영혼을 달랠 수 있을 만큼의 힘이 있다고 생각합니다. 그렇기에 저는 앞으로도 계속해 요리할 것이고, 언젠가는 제 파인다이닝을 여는 것이 목표입니다."

정 PD는 도진의 대답에 짐짓 놀란 표정을 숨기며 속으로 감탄했다.

나이답지 않은 조숙한 대답이었다.

'이러니까 내가 나이를 착각할 수밖에 없지.'

그가 헛웃음을 짓는 사이.

집으로 들어간 도진은 진지한 얼굴로 인터뷰에 응하고 있었다는 것은 잊은 듯.

여동생 도희가 끓인 라면을 '한 입만!'이라고 말하며 뺏어 먹고는 방으로 튀어 들어갔다.

순식간에 라면을 반절이나 뺏긴 도희는 허망한 표정으로 도진의 방문을 바라만 보고 있었다.

그 모습에 정 PD가 이번엔 진짜로 웃음을 터트렸다.

'이런 모습은 영락없는 고등학생인데.'

정 PD는 마지막으로 마무리 멘트를 따기 위해 카메라를 들고 도진의 방문을 두드렸다.

"네, 들어오세요."

그의 허락이 떨어지자마자 문을 연 김 PD의 눈앞에 보인 것은 책상 앞에 앉아 있는 도진이었다.

정 PD는 그 모습에 놀라 도진에게 반사적으로 질문을 던졌다.

"아니 셰프님, 안 주무세요?"

"아, 자야죠! 근데 마지막으로 오늘 정리한 레시피 메모해 두고, 아이디어 떠오른 것만 정리하고 자려고요."

정 PD는 도진의 열정에 졌다는 듯 고개를 절레절레 저었다.

도진은 자신의 꿈을 확실히 알고 있었고, 근 며칠간 지켜봐 온 결과.

그를 위한 노력까지 하고 있었다.

아니, 그 노력하는 과정들마저 즐기는 듯, 보통 사람들이라면 쉬이 해낼 수 없는 일정들을 거뜬히 소화하고 있었다.

흔히 천재들은 노력하는 자를 이길 수 없고, 노력하는 자는 즐기는 자를 이길 수 없다고들 말했다.

지금껏 그가 관찰한 도진은 지금껏 자신이 봐 왔던 그 누구보다 '즐기는 자'였다.

─셰프님은 셰프님이세요.

정 PD는 이제야 서수림이 했던 말을 이해할 수 있었다.

도진은 정말 '셰프' 그 외의 말로는 표현할 수 없었다.

모두가 기다리던 세 번째 시즌의 오픈 전 시식회 행사는

천재셰프
회귀하다

모두의 호평 속에 선전하고 있었다.

도진은 홀 서버가 가져오는 말끔하게 비어 있는 접시들을 바라보며 웃음을 지었다.

'다들, 맛있게 드셨나 보네.'

하지만.

"셰프님, 잠깐 나와 보셔야 할 것 같은데요."

브레이크타임을 앞둔 시점에서 갑작스러운 홀 서버의 말에 도진은 당황을 감출 수 없었고…….

급히 자신을 찾는다는 테이블로 향한 도진은 갑작스레 등장한 반가운 얼굴들에 놀라 긴장이 풀려 버렸다.

"아 진짜! 뭐예요, 다들!"

"서프라이즈! 놀랐어?"

"오랜만이네, 도진아."

"잘, 지냈어……?"

자신을 찾는다는 테이블에는 김이랑과 백인호, 그리고 정희준이 앉아 있었다.

아틀리에 오픈 D-4.

세 번째 시즌 오픈 전날 진행하는 시식회는 이번에도 이변 없이 순조롭게 예약이 진행되고 있었다.

시식회의 평가단으로 참여할 이들은 지난 시즌들과 똑같이 무작위 추첨을 통해 뽑았고……

방금 막 입국한 김이랑 또한 시식회에 응모했다.

'너무 늦게 응모했나? 아니지 선착순은 아니라고 들었으니까 괜찮을 거야.'

김이랑은 그렇게 생각하면서도 자신이 '아틀리에'에 갈 수 있을 것이라고는 생각지도 못했다.

아니 않았다고 말하는 게 맞았다.

'응모는 했는데, 아마 안 되겠지?'

아틀리에의 두 번째 시즌은 성황리에 마무리되었다.

현역으로 요식업계에서 일을 하는 중인 다른 셰프들, 여러 미식가, 칼럼니스트들은 물론이고, 그들의 주목을 통해 많은 대중의 눈길까지 사로잡았다.

결론적으로 아틀리에는 많은 이들의 호기심을 불러일으켰다.

'과연 다음 시즌엔 어떤 메뉴를 선보일까?'

두 번째 시즌이 반신반의하는 느낌이었다면, 세 번째 시즌은 두근거리는 기대로 가득 찼다.

그 덕분에 세 번째 시즌의 시식회는 응모 페이지가 마비될 정도로 많은 이들의 관심을 받았고, 시식회 당첨은 로또 당첨보다 어렵다는 얘기가 나올 정도였다.

그렇기에 초조한 마음으로 시식회의 당첨 발표를 기다렸

으나, 시식회 전날.

'이럴 줄 알았어.'

결국은 당첨되지 않았다.

기대는 하지 않았으나, 아쉬운 것은 어쩔 수 없었다.

하지만 시식회 전날.

-오랜만입니다. 잘 지냈어요?

"최 셰프님! 너무 오랜만! 저는 잘 지냈죠. 셰프님은요?"

갑작스러운 최석현의 연락에 이랑은 혹시나 하는 기대를 품었고…….

-저도 잘 지냈죠. 별건 아니고 혹시 내일 시간 괜찮은가요?

"시간요? 갑자기 내일 시간은 왜……."

-내일 아틀리에 세 번째 시즌 시식회 하는 날인데, 와 줄 수 있나요? 자리는 미리 준비해 놨습니다.

이어지는 그의 본론을 듣는 순간 속으로 쾌재를 불렀다.

"대박! 어떻게! So many people 응모한 거 아니에요? 저는 응모했는데 당첨 안 됐어요!"

-오고 싶었다니 다행이네요. 인호 씨랑 희준 씨한테도 얘기해 뒀으니, 세 분이 같이 오시면 됩니다. 주소랑 예약 시간은 따로 보내 드릴게요.

그렇게 김이랑은 시식회 당일, '아틀리에'에 올 수 있게 된 것이다.

"애들아! 진짜 다들 너무 오랜만이다."

"형, 잘 지냈어요?"

"야, 백인호! 나는 안 보여?"

괜히 반가운 마음에 장난을 치는 백인호나, 여전히 생글생글 웃으며 안부를 묻는 정희준은 오랜만에 만나는 것임에도 불구하고 전혀 변한 것이 없었다.

백인호의 장난에 웃음을 터트리며 태클을 걸던 김이랑은 문득, 도진도 그대로일까 하는 생각이 들었다.

'두 사람은 서바이벌 끝나고도 같이 촬영을 하나 했다고 들었지만, 나는 그 이후로 처음이니까 거의 반년만인가?'

이제 반년이 겨우 지난 시간이었는데, 도진은 객원이었지만 벌써 자신보다 빠르게 헤드 셰프의 자리를 경험하고 있었다.

그뿐 아니라 서바이벌 이후에도 벌써 두 번의 촬영.

김이랑은 어쩐지 도진이 멀게만 느껴지는 것을 애써 무시하며 정희준과 백인호를 이끌고 아틀리에 안으로 향했다.

이윽고, 예약자 명단을 확인 후 자리를 안내받은 김이랑은 자신도 모르게 감탄사를 내뱉었다.

"Wow. So gorgeous."

'아틀리에'의 포토 스팟 중 하나라고 할 수 있는 네 개의 커다란 아치형 창문.

그 앞에는 여러 개의 스테인드글라스 선 캐처가 매달려 있었다.

파란색과 흰색, 하늘색의 조합으로 만들어진 선 캐처는 햇빛을 받아 테이블 위에 부드러운 잔물결을 만들어 냈다.

"너무 예쁜데?"

하지만 그것은 시작일 뿐이었다.

소문으로만 들었던 아틀리에는 놀라움의 연속이었다.

홀 서버가 이번 시즌의 메인 콘셉트인 '바다'와 가장 잘 어울리는 메뉴라며 추천해 준 봉골레 오일 파스타는 왜 '시그니처'로 꼽혔는지 단번에 이해할 수 있을 만한 모습이었다.

'비스트로라고 해서 크게 기대하지는 않았는데, 이건 조금만 바꾸면 파인다이닝에서 내도 될 법한 비주얼인데?'

큼직한 풍선들이 엮여 있는 듯한 모습의 거품은 한없이 투명한 모습이었고, 그 안에 비친 파스타 면은 반짝이는 바다 아래 모래사장과도 같은 모습이었다.

'곳곳에 삐져나온 바지락이 플레이팅의 디테일을 더해 주고 있어.'

주제에 맞는 탐미적인 플레이팅, 두말할 것 없는 맛, 말도 안 되는 가격.

딱 떨어지는 세 박자에 김이랑은 고개를 들어 다른 두 사람을 바라보았고…….

그녀와 눈을 맞춘 두 사람은 한눈에 봐도 김이랑과 같은 생각을 하고 있었다.

'도진이 이 녀석, 못 본 사이에 실력이 더 늘었잖아?'

그 후, 눈빛만으로도 마음이 통한 세 사람은 식사하는 내내 자신들이 주문한 요리를 분석하며 식사를 끝마치곤 홀 서버를 불렀다.

"죄송한데 혹시 셰프님 좀 뵐 수 있을까요?"

"네! 물론이죠!"

이미 세 사람이 도진과 함께 방송에 출연했던 이들이라는 것을 알고 있었던 홀 서버는 이유를 묻지 않고 정희준의 부탁에 흔쾌히 대답한 뒤 돌아서려 했으나……

"Wait! 잠시만요!"

급히 자신을 부르는 이랑의 목소리에 발걸음을 멈출 수밖에 없었다.

"네?"

"혹시, 우리 왔다는 거 얘기했어요?"

"아뇨, 아마 말씀 안 드렸을 거예요."

홀 서버의 말에 김이랑이 씩 웃으며 한 가지를 부탁했다.

"그럼 얘기할 때 손님이 불만 있는 표정으로 셰프님 불러 달라고 했다고 좀 해 줄 수 있어요?"

"네! 알겠습니다."

김이랑의 얼굴에는 장난기가 가득했고, 홀 서버는 덩달아 그녀의 장난기가 옮은 것처럼 음흉한 미소를 지으며 주방으로 향했다.

그 모습을 보고 있던 정희준과 백인호는 고개를 절레절레 저을 수밖에 없었다.

그리고 이윽고.

저 멀리서 잔뜩 굳은 얼굴을 한 채 걸어오는 도진의 모습을 본 세 사람은 동시에 웃음을 터트릴 수밖에 없었다.

"도진아!"

"다들 뭐예요!"

"저…… 셰프님, 잠깐 나와 보셔야 할 것 같아요."

"네? 무슨 일 있나요?"

"잘 모르겠어요. 셰프님께 직접 말씀드리겠다고, 셰프님 나오라고 막 그러셔서……."

도진은 무슨 실수라도 한 사람처럼 얼굴을 굳힌 채 말하는 홀 서버를 바라보았다.

곧 런치 마무리를 앞둔 시간이었다.

여태껏 컴플레인을 걸었던 손님은 아무도 없었다.

주방으로 되돌아오는 접시들은 손님들 대부분이 맛있게 먹었다는 것을 나타내는 듯 말끔하게 빈 접시로 돌아왔다.

그런데 곧 브레이크타임을 앞둔 시간에 손님의 호출이라니.

"몇 번 테이블이죠?"

"4번요."

"네, 알겠습니다."

오히려 손님이 적은 시간대에 불러 줘서 고맙다고 해야 할지 고민하며 도진은 손의 물기를 닦고 홀로 향했다.

'도대체 무슨 일인지.'

생각지도 못한 일에 심장이 덜컥 내려앉은 듯했다.

아무리 도진이 전생에 몇 년이고 필드에서 일했던 경력이 있는 셰프라고는 하지만, 손님이 아무런 이유 없이 자신을 찾는다는 말을 할 때면 긴장이 앞섰다.

이유도 모른 채 홀로 향하는 도진은 잔뜩 무거워진 발걸음을 힘겹게 옮겼다.

하지만.

이내 자신을 불렀다는 테이블에 앉아 있는 이들을 발견한 도진은 긴장이 풀린 듯 헛웃음을 터트릴 수밖에 없었다.

"아 진짜! 뭐예요, 다들!"

그곳에는 반가운 얼굴들이 도진을 반기고 있었다.

서바이벌 국민셰프가 끝난 뒤 처음 보는 김이랑은 물론이고, 함께 푸드트럭을 끌고 다니며 여행했던 백인호와 정희준까지.

김이랑은 프로그램이 끝나고 며칠 뒤 미국으로 돌아갔고, 정희준은 지방의 부모님 댁에 가서 좀 쉴 예정이라고 들었다.

백인호는 복학해 학교에 다니는 것은 물론이고, 그 외에 시간은 아버지의 일을 도와줄 것이라 했으니 셋 중에 가장 바쁠 터였다.

그렇기에 도진은 세 사람 모두 이곳에서 볼 수 있을 것이라고는 생각지도 못했다.

도진이 반가움을 감추지 못해 들뜬 얼굴로 물었다.

"다들 여기는 어떻게 온 거예요? 시식회는 당첨되기 쉽지 않았을 텐데."

"최 셰프님이 초대석 자리 빼 두셨다고 연락해 주셔서 올 수 있었지. 너 너무 고생했다고, 와서 응원해 달라고 그러셔서."

정희준의 대답에 도진이 눈을 똥그랗게 뜨고 물었다.

"근데, 그러면 다들 시간은 어떻게 맞춘 거예요? 희준 형은 다시 올라온 거예요?"

"응. 나는 성수 쪽의 레스토랑에 취직했고, 인호는 여전히 아버지 밑에서 일하는 중. 이랑이는 무려 스카우트로 완전히 한국 정착이래."

"와, 정말요? 다들 바쁘게 살았다."

오랜만에 보는 세 사람의 근황은 다양했다.

그도 그럴 것이 서바이벌 국민 셰프가 끝나고 벌써 반년 가까이 지났다.

여러 일들이 일어날 수 있을 법한 시간이었다.

하지만 세 사람이 보기엔, 도진이 가장 많은 변화를 이뤄내고 있었다.

"근데 우리 중엔 도진이가 제일 바빴던 것 같은데?"

"그러니까, 우리 중에 제일 먼저 셰프님이 되다니. 역시 도진이 대단해!"

"도진이는 원래 Chef였어! 처음 팀 미션 할 때부터 나는 알고 있었지!"

세 사람은 도진의 성공적인 셰프 데뷔를 축하한다며, 앞으로는 바빠도 종종 연락하자는 말을 마지막으로 남긴 뒤.

아틀리에를 떠났다.

홀로 남은 도진은 다시 주방으로 돌아와 바삐 런치의 흔적을 정리하는 직원들의 모습을 보며 세 사람의 말을 곱씹었다.

'성공적인 셰프 데뷔.'

비록 객원이고 잠깐이었다.

하지만 자신의 파인다이닝, 아니 하다못해 이런 비스트로 하나를 차리기 위해서라면 수억대의 자금이 필요하고……

자력으로 창업 자금을 조달할 수 있게 되거나, 좋은 투자자를 만나기 전까지는 모두 객원 셰프부터 시작했다.

그렇기에 도진은 지금 '셰프'였다.

아틀리에의 시식회는 순조롭게 흘러갔다.

브레이크타임이 끝난 뒤, 디너까지 안정적으로 마무리한 도진은 드디어 한숨을 돌릴 수 있었다.

"그럼, 셰프님! 내일 뵙겠습니다!"

"고생하셨습니다!"

마감을 마친 직원들을 먼저 돌려보낸 도진은 마지막으로 주방을 점검했다.

'가스 밸브는 다 잠겨 있고…….'

청소는 깔끔했고, 내일 쓸 재료들까지 깔끔하게 준비되어 있었다.

주방 상태가 완벽한 것을 확인한 도진은 이내 홀로 나왔다.

시식회가 끝난 홀은 언제 손님이 가득 차 있었냐는 듯 텅 비어 있었다.

모두가 떠난 아틀리에는 고요했다.

주방에서 홀을 바라보던 도진은, 지난 생의 자신의 파인다이닝을 떠올렸다.

'L'artiste'

예술가라는 뜻을 간판으로 내걸었던, 야심 차게 준비했던 가게였다.

'이제 생각해 보니, 작업실이라는 뜻의 아틀리에랑 묘하게 잘 어울리네.'

그래서 오늘따라 유난히 더 전생의 기억이 선명하게 떠오르는 것 같기도 했다.

자신의 셰프 인생의 첫 발돋움이 될 것이라 생각한 그곳.

'나의 첫 가게.'

오픈을 준비하는 내내 그 모든 과정을 지켜봐 왔던 곳이었기에, 애착이 더욱 컸던.

하지만 제대로 꿈을 펼쳐 보지도 못한 채 보내 줄 수밖에 없었던…….

이제는 인연이 아니었기에 만약 다시 만난다고 하더라도 안부조차 물을 수 없는 이들과 더 이상 스승이라고 부를 수 없는 스승님.

묶여 있던 인연의 실은 시간을 거슬러 오며 흔적도 없이 풀려 버렸다.

다시는 그들을 볼 수 없다는 사실을 이미 알고 있었지만, 도진은 어쩐지 오늘따라 그 사실이 더욱더 시리게 다가왔다.

하지만 도진에게는 아직 미처 이루지 못한 꿈이 남아 있었다.

'다시는 기회가 없으리라 생각했는데…….'

기적은 일어났다.

거센 불길 속에서, 도진은 다시금 기회를 얻을 수 있었다.

뜨거운 불꽃 속에서 두 번이나 살아 돌아온 것이나 다름없었다.

그렇기에 무서운 것은 없다.

이제 도진에게 남은 것은 오로지…….

'정식으로, 내 이름을 건 파인다이닝을 만들고 싶어.'

그뿐이었다.

천재셰프
회귀하다

다큐 스페셜 아틀리에

잠시 감상에 젖어 들었던 도진은 짐을 다 챙기고는 가게를 나서기 전 마지막으로 홀을 점검한 뒤, 다시금 주방으로 돌아왔다.

그때.

아무도 없다고 생각했던 주방에서 '철커덩–' 하는 소리가 들렸고, 깜짝 놀란 도진은 숨을 죽인 채 잠시 멈춰 섰다.

'도둑인가?'

도진은 마침 근처에 있던 빗자루를 들고 소리가 향한 곳으로 향했다.

소리를 내지 않기 위해 조심스러운 발걸음으로 소리가 난 캐비닛이 있는 쪽으로 향한 도진은 순간적으로 깜짝 놀랄 수밖에 없었다.

갑작스럽게 튀어나온 인물 때문이었다.

"아악–!"

도진은 비명을 지르며 몸을 움츠리는 인물을 자세히 들여다보았고, 이내 그가 누구인지 눈치챘다.

"수림 씨……?"

"셰프님……?"

밖에서 기다리고 있던 김명호는 서수림의 비명에 놀라 '무슨 일이야!'라고 외치며 뒤늦게 가게로 들어왔고…….

이내 묘한 대치를 이루고 있던 서수림과 도진을 어리둥절한 표정을 바라보았다.

"셰프님은 왜 아직도 여기에……? 수림이 너는 왜 그렇게 쭈그리고 있어?"

도진은 소리의 정체가 서수림이었다는 것을 깨닫고 안도의 한숨을 내쉬며 물었다.

"두 분은 퇴근한 거 아니었나요? 왜 여기 있어요?"

"그러는 셰프님은 아직도 퇴근 안 하고 여기서 뭐 하세요! 진짜 간 떨어지는 줄 알았네."

"저야말로 아무도 없는 줄 알았는데 갑자기 캐비닛 쪽에서 소리가 나서 도둑이라도 든 줄 알았잖아요."

서로 놀란 가슴을 쓸어내리며 말하는 도진과 서수림을 보고 있던 김명호가 웃음을 터트렸다.

"셰프님, 도둑인 줄 알고 빗자루 들고 계셨던 거예요?"

"와, 진짜 대박. 나 그럼 맞을 뻔했던 거야?"

크게 심호흡하며 놀란 마음을 진정시키는 서수림의 모습을 보며 도진이 머쓱하게 웃으며 사과를 건넸다.

"놀라게 해서 미안해요. 이 시간에 누가 다시 돌아올 줄은 몰라서……."

"괜찮아요! 저도 셰프님이 아직도 있을 줄은 몰랐는걸요. 저는 지갑 찾으러 온 거라, 찾았으니까 이제 다들 얼른 집에나 갑시다!"

서수림은 크게 신경 쓰지 않는다는 듯 당차게 대답하며 발걸음을 옮겼다.

앞서 나가는 서수림을 따라 나가던 김명호는 잠시 몸을 돌려 도진을 바라보았다.

김명호는 잠시 도진과 눈을 맞추더니, 그에게 다가가 조용하고 낮은 목소리로 속삭였다.

"혹시, 힘든 일이나 걱정거리가 있는데 주변에 말할 사람이 없으면 저한테라도 털어놓으세요."

그의 얼굴은 평소와 다름없는 무표정이었다.

"제가 셰프님보다 직급은 낮아도 나이는 많으니, 그 정도는 들어 드릴 수 있습니다."

도진은 김명호의 말을 이해할 수 없다는 표정으로 그를 바라봤고, 그에 김명호가 한숨을 푹 내쉬며 말을 덧붙였다.

"지금까지 제가 지켜본 셰프님은 뭐든 혼자 하고 책임지려는 습관이 있는 것 같아서, 보고 있으면 좀 걱정됩니다. 그러니까 앞으로는 저든, 다른 사람들한테든 좀 얘기하시라고요."

말을 마친 김명호는 황급히 몸을 돌려서 수림을 따라갔다.

도진은 짐을 챙겨 그들을 따라나서며 이내 김명호의 말뜻을 이해할 수 있었다.

뒷문이 잠긴 것을 확인한 뒤 고개를 들자 투명한 유리에 비친 도진의 눈가와 코끝이 붉게 물들어 있었다.

누가 봐도 울기 직전인 얼굴이었다.

'걱정해 준 거였구나.'

도진은 김명호의 말을 다시금 떠올리며 미소를 지었다.

비록 전생의 인연들은 더 이상 인연이 아니게 되었지만, 새로운 선택을 통해 새로운 인연들이 생겨난 것은 분명했다.

전생에도, 지금도.

도진의 주변에는 좋은 사람들이 많았다.

'인복 하나는 타고난 건지.'

저 멀리 서수림과 김명호가 걸어가는 것이 보였다.

도진은 황급히 그들을 향해 뛰어가며 외쳤다.

"오늘, 기분도 좋은데 한잔하러 갈까요!"

"아 셰프님! 저는 완전 콜이죠!"

도진의 말에 신이 난 서수림이 가던 길 그대로 뒤돌아 걸으며 대답하다가, 문득 깨달았다는 듯 그 자리에 우뚝 멈춰 섰다.

"아, 근데 잠깐만……."

그리고 이내 도진을 향해 다시 한번 더 소리쳤다.

"셰프님은 술 못 드시잖아요! 아 진짜!"

평소에도 도진에게 왕왕 놀림 당하곤 하던 서수림은, 또 자신에게 장난쳤다는 것을 눈치채고는 씩씩대며 앞서 걸어 갔다.

김명호는 고개를 절레절레 저으며 천천히 그 뒤를 따랐고, 도진은 그 모습에 웃음을 터트리며 서수림을 잡기 위해 뛰기 시작했다.

그리고 그런 지금, 이 순간조차.

위이이잉-.

도진을 쫓아 움직이는 아틀리에 뒷문에 설치된 방송용 카메라 위로는, 촬영 중임을 알리는 붉은 점이 점멸 중이었다.

아틀리에의 세 번째 시즌은, 지난 시즌보다 훨씬 더 안정적인 성장세를 보였다.

예약 문의가 끊임없이 이어지는 것은 물론이고, 직접 찾아와 웨이팅하는 손님들도 많아 아틀리에의 문은 항상 문전성시를 이뤘다.

그게 끝이 아니었다.

　　－두 번째 시즌보다 세 번째 시즌이 더 좋았어요.

　　－전 시즌에 왜 안 와 본 건지 후회막심.

　　－이번 시즌 끝나기 전에 꼭 가 봐. 완전 여름 그 자체!

　　－올해 피서는 아틀리에로 가요, 여러분.

여러 플랫폼을 통해 쏟아지는 아틀리에의 반응은 아직 방문해 보지 못한 사람들의 기대감을 고조시키기에는 충분했다.

게다가.

　　－혹시 다큐 방영 언제인지 아는 사람?

　　－6월 말까지 언제 기다리냐ㅜㅜ 빨리 나왔으면 좋겠다.

　　－내가 이걸 어떻게 만들게 됐는지를 두 눈으로 볼 수 있을 줄이야…….

이미 방문했던 이들은 세 번째 시즌의 모든 준비 과정을 담았다는 다큐멘터리를 오매불망 기다리고 있었다.

그리고 그 순간을 가장 기다리고 있는 사람이 한 명 있었으니.

천재셰프
회귀하다

바로 이번 다큐의 감독을 맡은 정 PD였다.

시식회가 끝난 뒤.

정 PD는 바로 카메라를 수거하지 않았다.

시식회 끝에 주방 직원들의 반응 등을 더 담고 싶었기 때문이다.

그리고 오픈 당일 새벽.

정 PD는 아틀리에의 직원들보다 더 먼저 도착해 카메라를 수거한 뒤 가게 내부를 깔끔히 정리하고 나와 바로 방송국으로 향했다.

편집실 안으로 들어온 정 PD는 긴 인고의 시간을 버티기 위해 당을 충전할 만한 여러 간식거리가 든 봉지를 모니터 옆에 올려 둔 뒤.

긴장되는 마음으로 조심스럽게 메모리 카드를 모아 의자를 끌어당겨 앉았다.

이렇게 사람을 주로 찍는 다큐는 촬영 자체는 쉬웠다.

관건은 편집이었다.

무엇을 위주로, 어떤 주제를 기준으로 편집할 것인가.

편집에 따라 다큐의 분위기가 전혀 달라질 수 있었기 때문에, 다큐멘터리 감독은 감각이 좋아야 했다.

그리고 정 PD가 교양국에서 일할 당시 인정받을 수 있었던 이유 중 가장 큰 것은 그의 편집 센스 덕분이었다.

'후-. 이제 시작이지.'

정 PD는 편집의 큼직한 갈래를 잡은 뒤.

우선 자신이 촬영 기간 내내 들고 다녔던 핸디캠의 영상을
빠른 배속으로 돌려 보기 시작했다.

그리고 한참의 시간이 지난 후, 정 PD는 두 눈을 문지르
며 의자에서 일어났다.

해가 뜰 때쯤 시작한 작업은 한 번의 해가 지고, 다시 한번
해가 뜰 때까지 이어졌다.

뿌득- 뿌드득-.

한 자세로 오랫동안 있었기에 자리에서 일어나 스트레칭
을 하자 온몸에서 뼈와 관절이 삐그덕 대는 소리가 났다.

그리고, 어디선가 그런 정 PD를 걱정하는 듯한 목소리가
들려왔다.

"어휴, 그러다가 뼈 부러지겠다. 정 PD."

"국장님? 여기까지 어쩐 일이세요?"

"오랜만에 다큐 찍는다고 그러기에 잘하고 있나 한번 와
봤지."

목소리의 주인공은 다름 아닌 교양국의 국장이었다.

국장은 한 손에 쥐고 있던 커피를 정 PD에게 건네며 물었
다.

"그래서, 어때? 오랜만에 다큐 하는 기분이."

"기분이야 뭐 항상 똑같죠. 그보다 마침 잘 오셨네요. 그

천재셰프
회귀하다

렇지 않아도 제가 가려고 그랬는데."

"응? 어디를? 왜?"

자신의 말에 고개를 갸웃거리는 국장의 모습을 보며 정 PD는 단도직입적으로 말을 꺼냈다.

"국장님, 이번에 특별 편성 한 부 더 늘릴 수 있어요?"

"으응? 그게 갑자기 무슨 말이야?"

국장은 자신이 제대로 들은 게 맞는지 확인하는 듯한 말투로 되물었고, 정 PD는 다시 한번 더 국장에게 물었다.

"아직 일정 잡힌 날까지 한 3주 정도 남았잖아요. 한 부만 더 늘려 주시면 안 됩니까?"

"에이, 갑자기 그렇게는 안 되지."

터무니없는 말을 한다며 손사래 친 국장은 절대 어림도 없다며 강경한 태도로 말했다.

아무리 정 PD가 기획하고 촬영해 온 곳이 요즘 무척이나 화제가 된 곳이라고 해도, 이렇게 갑작스러운 편성 변경은 쉽지 않았다.

하지만 정 PD도 쉽게 물러날 수는 없다는 듯한 태도였다.

그는 다시금 자리에 앉아 마우스를 쥐고 하룻밤 사이 얼개가 나온 편집본 파일을 열었다.

"이거 한 번만 보고 결정해 주십쇼."

그리고 '달칵' 하는 클릭 소리와 함께 하나의 영상이 켜졌다.

원래 같았으면 깔끔하게 물러났을 정 PD였다.

그런데 이렇게까지 나오는 그의 모습에 국장은 어쩔 수 없다는 듯 고개를 끄덕이고 그가 켠 영상을 조용히 시청하기 시작했다.

영상의 첫 시작은 평범했다.

텅 빈 가게 내부와 주방의 모습들.

하지만 그 장면은 곧 가득 찬 테이블과 정신없이 움직이는 직원들, 보는 것만으로도 뜨거운 열기가 느껴지는 듯한 주방의 모습으로 교차되었다.

그리고 검게 물은 화면에서 음성이 먼저 흘러나왔다.

―여러분에게 아틀리에는 어떤 의미인가요?

여러 인물의 인터뷰가 엇갈리며 편집되어 있었다.

―꿈이요. 저는 지금이 꿈같아요. 제가 여기서 일하게 된 것도, 이렇게 TV에 나오게 된 것도 너무 신기하거든요.

―이곳은 제가 성장하는 데에 발돋움이 될 수 있는 곳이라고 생각합니다.

―아틀리에는, 저한테는 새로운 도전이었죠.

국장은 영상이 끝날 때까지, 그 자리에서 한 번의 움직임도 보이지 않았다.

생각에 잠긴 듯 까맣게 변한 화면을 가만히 바라보고 있던 국장은 정 PD 쪽으로 몸을 기울이며 물었다.

"지금 이거, 몇 분짜리지?"

그의 물음에 정 PD는 슬며시 웃었다.

자신의 승리를 직감한 미소였다.

"15분요. 그래서 2부작 가능하죠?"

국장은 어쩔 수 없다는 표정으로 마지못해 대답했다.

"해 봐야지. 일단 편집하고 있어."

할 수 없는 노릇이었다.

고작 15분짜리.

그리 길지 않은 영상이었다.

하지만 그 영상을 본 국장은, 강렬한 직감에 사로잡혔다.

'이 다큐를 이대로 놓치면……'

분명 후회할 것이라고.

시간은 훌쩍 지나 6월의 끝자락이 되었다.

아틀리에는 끊이지 않는 손님들에 여전히 바쁜 나날들을 보내고 있었고, 다큐의 방영일도 어느새 성큼 다가왔다.

정 PD는 다큐가 방영되는 날 아침까지 영상의 편집본을 몇 번이고 확인했다.

　오랜만에 다큐를 찍는 것임에도 불구하고 이번 아틀리에와 도진에 관한 다큐는 성과는 자신이 있었고…….

　그렇기에 국장과의 대치를 통해 편성까지 늘릴 만큼 정 PD는 이번 다큐멘터리에 큰 기대를 걸고 있었다.

　확신이 없었다면 할 수 없을 일이었다.

　하지만, 막상 방영 시간이 되어 가자 다시금 긴장되는 것은 어쩔 수 없는 노릇이었다.

　털썩-.

　정 PD는 긴장되는 마음으로 TV 앞 소파에 앉았고, 곧 시작된 다큐에 정 PD는 몸을 앞으로 기울였다.

　검은 화면 중앙에 적힌 이번 다큐의 제목.

　　아틀리에, 새로운 도전.

　긴장감을 고조시키는 멜로디와 함께 다큐가 시작되었다.

　편집을 하며 몇십 번이고 돌려 봤었기에 이제는 다음 장면이 어떤 것이고 누가 나오며 어떤 구로도 무슨 말을 할지까지 외울 정도였다.

　다큐가 시작하고 10분 정도가 지난 시점.

　정 PD는 긴장되는 마음으로 핸드폰을 켠 뒤 가장 큰 포털 사이트의 실시간 검색어를 확인했다.

'8위 아틀리에 다큐멘터리, 7위 서바이벌 국민 셰프, 6위 최석현 셰프, 3위 KBX 편성표, 2위 김도진.'

밑에서부터 천천히 올라가며 검색어를 읽어 가던 정 PD는 드디어 마지막.

1위로 올라가 있는 검색어를 확인하며 자신도 모르게 나지막이 소리를 내어 읊조렸고…….

"KBX 다큐 스페셜 아틀리에."

그 말을 내뱉는 정 PD의 입꼬리는 한없이 올라가 있었다.

6월 첫 주의 모의고사를 완전히 망친 고등학생은 한껏 실의에 빠져 있었다.

'고3이라 이제 진짜 더 이상 도망갈 구멍도 없는데…….'

분명 최선을 다했다고 생각했는데, 자신이 원했던 만큼 성적이 나오지 않았다.

정확히 말하자면 그저 원했던 성적이 나오지 않은 수준이 아니라, 지난 모의고사 때보다 등급이 더 떨어져 있었다.

믿을 수 없는 결과였다.

그 덕에 완전히 멘털이 나간 고등학생은 한 달 내도록 시간이 어떻게 가는지 모를 만큼 정신을 놓은 채로 지냈다.

그리고 어느새 6월의 끝자락.

이제는 정말 마음을 다잡아야 한다고 생각했지만, 그게 말처럼 쉽지 않았다.

그렇게 또 하염없이 시간을 흘려보내던 중.

SNS를 떠돌던 그녀는 오랜만에 반가운 얼굴이 등장하는 기사의 캡처를 보게 되었다.

새로운 도전, 아틀리에와 함께 수면 위로 떠 오른 신예 셰프의 등장을 그리다.

작년의 그녀가 그 무엇보다 열심히 챙겨 보았던 서바이벌 국민셰프의 우승자.

김도진에 관한 기사였다.

'진짜 오랜만이네.'

프로그램이 방영될 당시 평가단으로 참여할 정도로 열정으로 방송을 챙겨 봤던 그녀는 오랜만에 미소를 지었다.

그때 챙겨 온 도진이 직접 만들었다던 메뉴판은 여전히 그녀의 책상 한구석에 놓여 있었다.

'그래서, 다큐를 찍었다고?'

고등학생은 어차피 이렇게 시간만 축낼 거, 오랜만에 덕질이나 좀 해 볼까 하는 생각으로 포털 사이트를 열었고.

이내 자신이 본 기사 속 다큐멘터리의 방영일이 오늘이라는 것을 알 수 있었다.

"뭐야! 지금이잖아?"

그녀는 급히 방에서 나와 거실 중앙의 TV 앞으로 향했고, 그곳에는 이미 엄마가 먼저 자리하고 있었다.

"어유, 깜짝이야. 얘 너는 왜 이 오밤중에 그렇게 헐레벌떡 뛰어나와?"

"뭐야, 엄마는 이거 하는 거 알고 있었어?"

다행히 TV에는 이제 막 광고가 끝나고 다큐가 시작하기 직전이었다.

"이런 걸 하면 나도 알려 줬어야지, 엄마!"

"얘는 이런 거엔 관심도 없으면서 왜 이래, 진짜?"

"내가 김도진 좋아했던 거 엄마도 알잖아!"

고등학생은 괜히 엄마한테 투덜거리며 자리에 앉았다.

광고가 끝나자 이내 화면은 검게 변하고, 그 정중앙에 다큐의 제목이 올라왔다.

아틀리에, 새로운 도전.

화면이 점점 환하게 변하며 주방의 모습이 비쳤다.

클로즈업된 정확하고 일정한 칼의 움직임.

그와 동시에 긴장감을 주던 배경음악은 칼질의 리듬에 맞춰서 통통 튀는 듯한 멜로디로 바뀌었다.

그리고 장면이 바뀌어 텅 빈 홀과 주방이 가득 찬 손님과

정신없이 바쁜 주방의 모습으로 교차 편집되었다.

본격적인 첫 시작은 최석현의 인터뷰로 시작되었다.

어떻게 '아틀리에'를 만들게 되었고, 왜 시즌제로 운영하는지, 심지어 시즌마다 객원 셰프를 들여 운영할 생각을 하게 되었는지에 대한 내용이었다.

"어우. 우리 셰프님, 어쩜 저런 생각을 하셨을까."

고등학생은 완전히 최석현 셰프에게 푹 빠진 듯한 엄마의 반응에 고개를 저었다.

하지만 대단하기는 했다.

셰프가 되고 싶어 하는 후배들이 자신의 가게를 차리기 전 시행착오를 겪을 수 있도록 거쳐 갈 수 있는 공간을 만들다니.

자신이 사비를 털어서 만든 것이라는 게 더 놀라웠다.

망하더라도 괜찮다는 마인드가 아니면 할 수 없는 결정이었기 때문이다.

그리고 최석현의 인터뷰 뒤로는 여러 명의 목소리가 여러 겹으로 겹쳐서 들려왔다.

—아틀리에는…….

—매 시즌이 새로운 곳.

—꿈같아요!

—제가 한층 더 성장할 수 있는 곳이라고 생각해요.

천재 셰프
회귀하다

그리고 가장 마지막으로, 잠시 검게 점멸되었던 화면이 다시금 밝게 빛나며 익숙한 얼굴이 화면에 비쳤다.

순간.

배경음악이 사라지고 고요가 찾아왔다.

−아틀리에는…….

짧은 정적 끝에 다시금 그가 입을 열었다.

−저한테 새로운 도전이었죠.

텅 빈 넓은 공간에서 소리를 내듯 울려 퍼지는 목소리에 압도된 고등학생은 아무 말도 잇지 못한 채 그저 화면만 빤히 바라보았다.

화면 속에는 하얀색의 셰프 복에 빨간색 타이를 한 도진이 눈을 빛내고 있었다.

인트로 영상이 끝나고, 고등학생은 어느새 저도 모르게 뛰는 가슴을 부여잡았다.

어쩐지 벅찬 듯한 기분이었다.

그녀는 순식간에 영상 속으로 빠져들었고, 이윽고 다큐가 끝났을 때는 아쉬움의 한숨을 쉴 수밖에 없었다.

한 시간의 러닝 타임이 고작 30분 안팎으로 느껴질 정도였다.

　그만큼 아틀리에의 세 번째 시즌의 준비 기간은 치열하고 긴박했으며, 열정이 가득했다.

　'고작 반년 좀 넘는 사이에 많은 일들이 있었네.'

　다큐 속 도진은 도대체 언제 쉬는 건지 싶은 생각이 들 정도로 정신없는 삶을 살고 있었다.

　모두 자신의 꿈을 이루기 위해서였다.

　'나도…….'

　다큐가 끝난 그녀는 다시금 방으로 돌아와 잠시 고민하는 듯 발걸음을 머뭇거리더니, 책상 앞에 앉아 문제집을 펼쳤다.

　도진의 모습이 고등학생에게 좋은 자극제가 된 것이 틀림없는 듯 보였다.

⌘

다큐멘터리가 끝난 뒤.

여러 포털 사이트에서 수많은 기사가 앞다퉈 나왔다.

　'다큐멘터리 아틀리에' 실시간 시청률 22% 순간 1위

　다큐의 부활, '아틀리에, 새로운 도전' 시청률 고공행진

　화제의 다큐, 아틀리에는 어디인가.

그럴 만도 했다.

아틀리에의 다큐멘터리 실시간 시청률은 역대급이었고, 방송이 끝날 때까지 시청률은 떨어질 생각이 없었기 때문이다.

아니, 오히려 점점 더 높아져만 갔다.

그 말인즉슨.

중간에 유입된 시청자들도 채널을 돌리지 못한 채 계속해서 다큐를 시청했다는 뜻이었다.

다큐를 본 사람들은 저마다 개인의 SNS에 글을 올렸다.

개중에는 '아틀리에'에 방문해 본 사람도 있었고, 아닌 사람도 있었다.

모두 각자의 감상평을 올렸지만, 결론적으로 공통되는 한마디가 꼭 포함되어 있었다.

'아틀리에에 한 번 더 방문하고 싶다.'

그렇게 많은 사람에게 퍼지게 된 아틀리에의 다큐는 수없이 캡처되어 인터넷에 나돌았고 그 결과는 재방송의 시청률까지 높은 결과로 이어졌다.

그마저도 보지 못한 이들은 도대체 언제쯤 VOD 서비스로 영상이 올라오냐고 물어볼 정도였다.

그 덕분에 아틀리에의 다큐는 결국 OTT 사이트를 통해 인터넷으로도 다시 보기를 지원하게 되었다.

많은 이들의 관심이 이어진 아틀리에의 다큐는 그야말로

성공적이었다.

이 성공에 가장 기뻐할 사람은 역시 정 PD였다.

하지만 아틀리에와 최석현 셰프, 그리고 도진에게도 호재인 일이었다.

다큐의 성공은 당연하게도 아틀리에와 도진에게까지 관심이 이어졌다.

가뜩이나 많은 이들이 아틀리에의 예약을 앞다퉈 왔는데, 지금은 예약에 성공하는 것이 정말 하늘의 별 따기 수준이라고 해도 무방할 정도였다.

결국 모두가 인정할 수밖에 없었다.

모두가 걱정했던 햇병아리 객원 셰프인 도진의 화제성은 누구보다 남달랐고, 그의 실력을 통해 결국은 아틀리에가 성공할 수밖에 없었다는 것.

이제는 아틀리에가 망하리라 추측하는 이들은 아무도 없었다.

그렇게 말했던 이들은 지금, 서로 앞다퉈 가며 이번 시즌의 성공 규모가 과연 어느 정도일지 추측하고 있었다.

아틀리에의 성공률, 과연 객원 셰프가 바뀌어도 이어질 것인가.

김도진 셰프의 아틀리에는 과연 얼마의 마진을 남길까.

천재셰프
회귀하다

심지어는 아틀리에의 성공도와 마진율 등에 관한 추측성 기사들이 우수수 쏟아져 나오며 지난 시즌과 현 시즌의 기록적인 성공, 그리고 성장률에 대해 논하는 이들이 늘었다.

그야말로, 기하급수적인 속도로 성장하는 모습의 아틀리에였다.

KTBN 방송국의 한 촬영 세트장.

간소한 모습의 주방을 옮겨 놓은 듯한 세트를 가운데에 두고, 서로를 마주 보는 듯한 테이블이 중앙 공간을 적당히 거리를 둔 채 쭉 이어져 있었다.

그리고 그 끝에는 MC들의 자리로 보이는 테이블이 주방 세트와 마주 보는 듯한 형국으로 놓여 있었고…….

그 뒤, 무대처럼 꾸며진 곳에는 냉장고 두 대가 덜렁 놓여 있었다.

이미 한차례의 폭풍이 휩쓸고 지나간 듯, 촬영장의 열기는 후끈했다.

"다들 고생하셨습니다!"

"다음 주에 봬요!"

촬영이 끝난 뒤, 출연진들은 다들 집에 갈 채비를 하고 있었다.

"오랜만에 술이나 한잔하러 갈 사람?"

"좋지요. 오뎅탕에 소주 한잔, 콜?"

"저는 먼저 들어가 보겠습니다."

"지난번에도 빠졌으면서, 같이 가요!"

출연진들은 저마다의 피로를 풀기 위해 빠르게 발걸음을 옮기고 있었다.

스텝들은 촬영이 끝나고 소품과 빌려온 냉장고를 다시 원상 복귀하기 위해 분주히 움직이고 있었다.

모두가 바쁘게 움직이고 있음이 분명했다.

하지만 그중.

유난히 우두커니 서 있는 한 사람이 난감한 표정으로 작가에게 말을 건네고 있었다.

"아이고, 진짜 죄송해서 어쩌죠. 빨리 말했어야 했는데……."

그의 이름은 권형주.

바로 이 '냉장고를 보여 줘!'의 고정 출연진 중 한 명이었다.

"작가님 진짜 미안합니다. 매니저가 급하게 관두는 바람에 일정 관리가 꼬여서, 다음 주에 출장 일정이 있는 줄은 몰랐네요."

"어쩔 수 없죠."

'냉장고를 보여 줘!'의 작가는 조금 짜증이 섞인 얼굴로 그의 말에 대답했다.

이미 잡혀 있던 출장 일정이라면 뺄 수도, 미룰 수도 없을 터였다.

'이렇게 늦게 말하면 섭외는 또 언제 해.'

작가는 지끈거리며 아파져 오는 머리에 이마를 짚으며 권형주에게 물었다.

"후, 그럼 혹시 다음 주 촬영에 대신 나와 주실 셰프님 없을까요?"

"일단 내가 친한 셰프들한테는 다 연락해 봤는데, 당장 다음 주는 좀 힘들다고 하네. 진짜 미안해요. 작가님."

권형주는 정말 미안한 듯 한껏 몸을 움츠리며 사과를 건넸다.

그렇게 두 사람이 이러지도 저러지도 못한 채 대치하고 있을 때.

무슨 일이 있나 싶어 다가온 또 다른 고정 출연자.

최석현이 가만히 얘기를 듣고 있다가 작가에게 물었다.

"대충 들어 보니까, 지금 셰프 섭외가 문제인 거 맞나요?"

"네, 당장 다음 주라 일정이 가능한 셰프님을 찾기가 좀 힘드네요."

작가는 당장 섭외할 수 있는 셰프가 있는지 핸드폰의 연락처를 뒤져 보며 최석현의 물음에 대답했다.

그리고 이내 이어지는 최석현의 말에 깜짝 놀라 고개를 들었다.

"그거라면 내가 해결할 수 있을 것 같은데."

"네? 진짜요?"

"한번 물어봐야 할 것 같긴 한데, 아마 일정은 비어 있어서 방송 출연만 오케이 받으면 될 것 같습니다. 얘기해 보고 내일 연락드릴게요."

그의 말에 작가는 구세주를 만난 듯한 표정을 지었다.

그도 그럴 것이, 이렇게 갑작스럽게 출연진이 비게 되면 섭외하기 쉽지 않기 때문이다.

"그럼 셰프님, 믿고 있을게요. 내일 꼭 연락해 주세요!"

작가는 거듭 연락해 주셔야 한다고 말하며 자리를 비켰다.

최석현은 그런 작가의 모습을 보며 피식 웃음을 터뜨렸고, 그 옆에서 지켜보고 있던 권형주는 순식간에 정리된 상황에 멍하니 있다가 정신을 차리고 그에게 감사의 인사를 건넸다.

"고맙습니다, 최 셰프님."

"아닙니다. 별말씀을요."

"아유, 아니긴요. 셰프님 아니었으면 난감한 상황이었는데요."

연거푸 고맙다는 인사를 건네던 권형주는 문득 궁금하다는 듯 최석현에게 물었다.

"그런데 셰프님, 혹시 저 대신 다음 주에 촬영해 줄 분이 누구인지 알 수 있을까요?"

"아, 그 요즘 제가 좀 아끼는 친구입니다만 들어 보셨을 수도 있습니다."

"네? 누구길래⋯⋯."

권형주는 전혀 짐작도 되지 않는 듯 최석현에게 물었다.

그리고 이내, 최석현이 그에게 말한 이름 석 자를 듣고는 눈을 동그랗게 뜨며 되물었다.

"김도진요?"

그가 이렇게 놀란 이유는 간단했다.

도진의 이름은 요즘 셰프들에게서 가장 관심이 쏠리는 이름 중 하나였기 때문이다.

냉장고를 보여 줘!

다큐가 방영되고 며칠이 지난 시점.

오랜만에 지하철을 탄 도진은 얼떨떨한 기분에 휩싸였다.

"야, 저기 김도진⋯⋯."

"어어, 맞는 것 같은데?"

힐끔거리는 시선, 수군대는 말들.

모두 도진을 향해 있었다.

이 시선은 지하철에서만 느껴진 게 아니었다.

사람들이 많이 다니는 거리, 번화가, 버스와 지하철까지.

"저기, 혹시⋯⋯."

"김도진! 맞죠?"

"다큐 봤는데, 진짜 어쩜 이렇게 기특하게⋯⋯."

힐끗거리며 알아보는 이들이 전보다 훨씬 늘었을 뿐만 아니라 조심스럽게 도진이 맞는지 물어보는 이들까지 생겼다.

도진은 발걸음을 좀 더 급히 옮기며 생각했다.

'생각한 것보다 더 많이들 알아보는 것 같은데…….'

전혀 예상하지 못한 일이었다.

그도 그럴 것이, 예전에 방송 출연했을 때는 이 정도로 많이 알아보는 이들이 없었기 때문이다.

따지고 보면 더 많은 화제가 되었던 방송인 '서바이벌 국민 셰프'나 '청춘 셰프'때도 자신을 알아보는 이들은 드물었다.

알아본다고 해도 정말 몇몇이었고, '청춘 셰프'의 촬영 당시에는 별스타그램의 홍보를 통해 찾아오는 사람들도 많았으니 출연진들을 알아볼 수밖에 없는 구조였다.

그래서 도진은 이번에도 마찬가지일 것이라고 생각했다.

하지만.

도진의 예상에는 세 가지의 허점이 있었다.

첫 번째는 생각보다 더 많은 이들이 '아틀리에'의 세 번째 시즌을 주목하고 있었다는 점이었다.

과연 김도진이 또 한 번 더 아틀리에의 시즌을 성공적으로 마무리할 수 있을 것인지.

그렇다면 그 이유가 무엇인지, 어떻게 시즌을 준비했는지에 대해 궁금해하는 이들이 많았다.

그렇기에 그에 대해 다룬 다큐는 많은 이들의 관심을 받을

천재 셰프
회귀하다

수밖에 없었다.

두 번째는 정 PD의 실력을 간과했다는 점이었다.

정 PD는 말 그대로 끝내주는 편집 실력을 자랑했다.

분위기에 맞는 적절한 백그라운드 음악을 삽입하는 것으로 그 상황을 더욱 고조시키는 게 특기였고, 첫 장면에 시청자들의 마음을 사로잡아 결국 끝까지 방송을 보게 만드는 것으로 유명했다.

쉽게 말하자면 다큐에 관심이 없었던 이들의 눈길까지 끌었다는 말이다.

이를테면, 원래 그 시간대에 방영하는 드라마의 팬들이라든가.

사실 다큐가 방영된 시간대에는 원래 드라마가 방영되었는데 워낙에 팬층이 두꺼워 본방을 기다리는 팬들이 많았다.

다큐의 1부가 방송되던 날, 결방을 몰랐던 이들은 어김없이 드라마의 시작을 기다렸고, 이내 알 수 없는 다큐가 시작된 것에 실망감을 토했지만…….

그들은 어느새 아틀리에의 다큐에 흠뻑 빠져 있었다.

그리고 가장 마지막 이유.

화제가 된 다큐의 캡처가 인터넷에 떠돌며 도진의 얼굴이 여기저기 노출이 된 터였다.

이 전에도 방송을 통해 얼굴을 노출한 적이 있던 도진은, 인터넷상에서 '얘가 걔야?' 하는 취급을 받았다.

서바이벌 국민 셰프의 김도진.

청춘 셰프의 김도진.

다큐 아틀리에의 김도진.

세 사람이 모두 동일 인물이었다.

심지어는 서울시장배 전국 요리 대회 시니어 부문에 출전해 우승한 미성년자가 도진이라는 얘기가 떠돌자 사람들은 도진의 정체에 대해 궁금해하기 시작했다.

갑자기 어디선가 나타난 말도 안 되는 경력에 더 말도 안 되는 실력의 혜성과도 같은 인물.

그게 지금, 사람들이 보는 도진의 모습이었다.

하지만 아틀리에의 세 번째 시즌으로 인해 눈코 뜰 새 없이 바빴던 지난 며칠.

그로 인해 다큐의 반응에 대해 제대로 체크하지 못했던 도진으로서는 도무지 왜 이렇게 많은 사람들이 자신을 알아보는 것인지 알 수가 없는 노릇이었다.

혹시나 또 누가 알아볼까 싶은 마음에 고개를 두리번거리며 목적지에 도착한 도진은 시간을 확인했다.

'아홉 시 반이니까, 아직 넉넉하네.'

그리고 이내, 고개를 들어 눈앞의 건물을 바라보았다.

'내가 여기를 다시 올 일이 생기다니.'

도진은 눈앞의 건물이 너무나도 익숙했다.

건물 꼭대기에 큼직하게 달린 방송국의 로고.

'KTBN.'

이곳은 바로 지난해.

도진이 서바이벌 국민셰프를 촬영할 당시, 문지방이 닳도록 드나들었던 곳이었다.

도진이 오랜만에 방송국을 찾은 이유는 일주일 전, 갑작스럽게 연락해 온 최석현 덕분이었다.

-도진 씨, 혹시 다음 주 휴무에 특별한 일정 있나요? 만약 없다면 가볍게 알바 하나 해 볼 생각 없어요?

"네? 갑자기 알바요? 무슨……."

-다름이 아니라, 혹시 제가 매주 고정 출연으로 나오는 '냉장고를 보여 줘.'라는 프로그램 혹시 알고 있나요?

"네, 알고 있죠. 워낙 유명한 셰프님들도 많이 나오잖아요."

-그 고정 출연 셰프 중 한 명이 일정이 꼬여서 다음 주 촬영 날 자리가 하나 비게 됐어요.

도진은 최석현의 말에 자연스럽게 그가 이 뒤에 할 말 무엇인지 예상할 수 있었다.

"혹시, 그 자리에 제가 게스트로 나와 달라는 말씀인가요?"

-네, 그렇게 해 줄 수 있나요?

"하지만……."

최석현이 말한 '냉장고를 보여 줘!'라는 프로그램은 단시간 내에 주어진 주제에 맞는 요리를 완성해 내야 하는 진행 방식이었기에 경력이 많은 노련한 셰프들의 기발한 아이디어가 많이 나오곤 했다.

하지만 바로 그것이 문제였다.

도진은 잠시 망설이다 다시금 말을 이었다.

"거기 나오시는 셰프님들은 다들 경력이 어마어마하신 걸로 알고 있는데 제가 거기 나가도 될까요?"

하지만 최석현은 무슨 그런 걱정을 하냐는 듯 웃으며 대답했다.

-에이, 엄살은. 제가 그동안 도진 씨 요리하는 모습 많이 보지 않았습니까. 도진 씨 실력은 제가 잘 알고 있으니까 이렇게 부탁하는 거죠.

그리곤 말을 덧붙였다.

-너무 부담가지지 말고 경험 삼아 나온다고 생각하면 어때요? 겸사겸사 용돈도 좀 챙기고. 이번이 아니면 또 언제 그렇게 이런 셰프들이 한자리에 모여서 경쟁하는 걸 직접 볼 수 있겠어요?

"네, 알겠습니다. 그럼, 촬영 일정은 어떻게 되나요?"

-촬영은 다음 주 아틀리에 휴무 날이고, 주소나 일정은 문자

로 보내 드리도록 하겠습니다.

그렇게 찾아온 아틀리에의 휴일.

평소 같았다면 부모님의 백반집에 가서 일을 돕고 있을 도진이 이곳에 있는 이유였다.

세트장에 들어선 도진은 정신없이 움직이는 사람들 틈바구니에서 최석현을 찾았다.

하지만 생각보다 많은 사람에 쉽게 그를 찾지 못했고, 두리번거리던 도진에게 누군가 다가와 인사를 건넸다.

"안녕하세요! 김도진 씨 맞죠? 메인 작가인 강연주입니다!"

자신을 '냉장고를 보여 줘!'의 메인 작가라고 소개한 그녀는 도진이 인사할 틈도 주지 않고 따발총처럼 말을 쏟아 냈다.

"오느라 고생했어요! 방송국까지 오는데 멀지는 않았고? 근데 왜 여기 혼자 있어요? 로비에 도진 씨 데려오라고 우리 스태프 보냈는데……."

"아, 아무래도 엇갈렸나 봐요."

"아이고, 그랬구나. 일단 저희 의상 갈아입어야 하니까 대기실 알려 드릴게요."

그녀는 정신없이 말을 쏟아 내더니 지나가던 스태프 한 명을 붙들어 얘기했다.

"얘! 대주야! 여기 우리 섭외 셰프님이셔. 우리 의상이랑 명찰 제작한 거 드리고 옷 갈아입을 수 있게 대기실 안내해

드려."

"넵! 이쪽으로 따라오시죠!"

스태프는 그녀의 말에 군기가 바짝 든 사람처럼 빠릿빠릿하게 도진을 이끌었다.

'진짜 예능 촬영은 원래 이렇게 정신이 없는 건가.'

도진은 순식간에 정리된 상황에 미처 인사할 틈도 없이 스태프의 손에 이끌려 대기실로 향했다.

"이거 입으시면 됩니다! 이따 10시 10분부터 촬영 시작이니까 10시까지 아까 그 세트장으로 와 주시면 자리랑 촬영 안내 도와드리겠습니다!"

"아, 네. 감사합니다."

그리고 이내, 옷을 갈아입은 도진은 세트장으로 향했다.

⊗

"강 작가. 아니지, 연주야."

"네, PD님. 왜 또 그렇게 표정이 구려요?"

"이번에 섭외한 친구는 믿을 만한 거 맞아? 너무 애 같던데, 가뜩이나 이번에 섭외한 친구도 이십 대 중반이라 내가 너무 어리잖아. 이러다 저번처럼 또 그 꼴 나면 나는 진짜……."

수심이 가득한 표정을 한 PD의 모습에 강 작가는 그의 한탄을 끊고 '걱정하지 마세요!'라며 그의 걱정을 일축했다.

이해는 됐다.

불과 몇 달 전에 섭외했던 젊은 셰프가 평온하던 제작진 측에 어마어마한 핵폭탄을 던졌기 때문이다.

'그건 좀 너무하긴 했지……'

딱 봐도 초딩 입맛인 게스트의 냉장고 재료를 가지고 젊은 셰프가 만들었던 것은 다름 아닌 꽁치 샌드위치였다.

말 그대로 꽁치 캔으로 만든 샌드위치.

방송이 나간 뒤 시청자들은 젊은 셰프의 직업적 능력에 대해 의심하는 것은 물론이고, 이 정도면 제작진의 섭외 능력에 문제가 있는 것이라며 시청자 게시판까지 찾아와 쓴소리를 이었다.

몇 주 동안 게시판에 올라오는 비난 글에 시달리던 PD는 한참 동안 어리고 젊은 셰프라고 하면 실력에 대해 의심부터 하며 질색을 했더랬다.

그런데 이제야 겨우 민심이 잠잠해지는가 싶은 이 와중에 또 어린 셰프라니, 그것도 둘씩이나.

PD의 걱정과 근심이 백분 이해되는 강 작가였다.

하지만 어쩔 수 있겠는가.

'나도 급하게 섭외해야 하는 거 아니었으면, 이렇게 둘이 붙여서 부르지는 않았지.'

그래도 다행인 점은 둘 다 실력 하나는 확실하다는 것이었다.

강 작가는 기세등등한 표정으로 말을 덧붙였다.

"이번에 섭외한 셰프님들은 경력뿐만 아니라 실력이나 평판도 확실하게 조사도 했고, 특히 도진 씨는 최 셰프님이 추천하실 정도인데 더 말할 게 있겠어요?"

"그래도……."

PD는 작가의 강 작가의 말에도 석연치 않은 표정을 했지만, 그녀는 개의치 않고 '얼른 촬영 준비하러 가세요!'라며 PD의 등을 떠밀었다.

몇 번이고 뒤를 돌아보던 PD를 겨우 돌려보낸 작가는 고리를 넘긴 듯 한숨을 내쉬었다.

그러나.

"작가님! 이게 뭐예요!"

그녀의 수난은 끝나지 않았다.

�֎

'냉장고를 보여 줘!'의 촬영장에 도착한 성은준은 갑작스러운 작가의 말에 어이가 없었다.

'이렇게 갑자기 말해 주는 게 어디 있어!'

분명 자신을 섭외할 때만 해도, 이번 회 차의 셰프 섭외는 한 명뿐이라고 얘기했다.

"아유, 당연히 은준 씨 혼자 섭외 셰프니까 우리가 신경 많이 써 줄 수 있죠."

성은준은 그거 하나만 보고 나온 것이었다.

오로지 화제성, 그 하나였다.

그런데 막상 촬영장에 도착하자 말이 달라져 있었다.

갑작스러운 사정으로 인해서 다른 셰프 한 명이 더 추가로 섭외되었다고.

기분이 좋지는 않았지만 그럴 수 있다고 생각했다.

어떻게 사람 사는 일이 그렇게 맘처럼 다 되겠는가.

하지만 이건 경우가 좀 달랐다.

'섭외된 다른 셰프가 김도진이라니…….'

이건 전혀 계획에 없던 일이었다.

작가는 자신을 붙잡는 성은준을 뿌리치고는 급히 자리를 피하며 말했다.

"미안하다니까요. 은준 씨, 이제 곧 촬영 들어간다. 얼른 가서 앉아요."

"아니, 작가님! 진짜 이건 얘기가 다르잖아요!"

성은준은 그런 작가를 향해 소리쳤으나, 이미 그녀는 저 멀리 도망간 지 오래였다.

그는 멀어져 가는 작가를 바라보며 홀로 화를 삭였다.

'아틀리에의 김도진.'

요즘 들어 성은준의 귀에 자주 들리는 이름이었다.

하지만 그 이름을 이곳에서 듣게 될 것이라고는 생각지도 못했다.

김도진은 요즘 가장 핫한 키워드 중 하나였고, 성은준이 가장 마주치고 싶지 않은 상대 중 한 명이기도 했다.

아틀리에의 세 번째 시즌을 준비하는 도진의 모습이 다큐로 방영되며, 많은 대중이 김도진에 대해 호기심을 가지게 되었다.

'어떻게 저렇게 어린데도 셰프로서의 일을 완벽하게 해낼까?'

그리고 그 관심은 곧장 아틀리에로 이어졌다.

성은준은 그 생각만 하면 배가 아파 미칠 지경이었다.

'쟤가 나타나기 전까지만 해도 내가 가장 화제가 됐는데.'

그럴 법도 했다.

'26세의 최연소 오너 셰프.'

그게 성은준을 가리키는 말이었다.

하지만 도진이 나타난 뒤로 그를 향한 관심은 완전히 뒤로 밀려났다.

지금도 마찬가지였다.

"소개하겠습니다! 시청자들에게 젊은 패기를 보여 주기 위해 이곳을 찾아와 준 젊은 두 셰프! 김도진 셰프와 성은준 셰프입니다!"

MC들은 소개하는 말이 끝나자 곧장 김도진에게 질문을 던졌다.

'이렇게 될 줄 알았어…….'

성은준은 그 모습에 떨리는 입꼬리를 올리며 표정 관리를
했다.

"도진 씨, 이번에 다큐 잘 봤습니다. 완전 대단하던걸요?"

"좋게 봐주셔서 감사합니다."

그는 바로 맞은편에서 MC의 말에 대답하는 도진을 바라
봤다.

도진은 딱 보기에도 앳된 얼굴을 하고 있었다.

아직 성인도 채 되지 않은 나이.

'하, 아무리 여기저기서 치켜세워 줘 봤자 경력도 없는데,
뭐.'

도진의 정체가 도대체 무엇이길래 사람들이 이리도 치켜
세워 주는지.

'방송도 다 자기들끼리 짜고 친 게 분명해.'

성은준은 분명 도진에 관한 얘기들에 거품이 잔뜩 끼어 있
으리라 생각했고…….

그 생각의 결론은 단 하나였다.

만약 도진과 자신이 대결하게 된다면.

'이기는 건 당연히 나지.'

어느새 눈앞의 도진을 바라보는 성은준의 입가에는 미소
가 잔뜩 걸려 있었다.

'냉장고를 보여 줘!'는 기본적으로 대한민국 최고의 셰프 군단이 게스트의 냉장고 속 재료를 가지고 그들이 원하는 주제에 맞춰 음식을 만들어 평가받는 프로그램이다.

즉석에서 냉장고의 재료를 이용해 요리하는 것이었기 때문에 고정으로 출연하는 셰프들의 내공은 실로 어마어마했다.

그렇기에 도진은 촬영에 들어서기 전.

셰프라고 불리기까지 오랜 시간을 거친 이들이 과연 제대로 된 경력조차 없는 자신을 셰프로 인정할 것인지 조금 걱정이 앞섰다.

하지만 막상 촬영에 들어가니 도진은 자신의 걱정이 괜한 일이었음을 느꼈다.

"이렇게 모시게 되어 정말 반갑습니다. 요즘 가장 화제의 인물이라고 해도 과언이 아닐 정도인데요!"

"그러니까요. 아니, 저도 다큐를 봤는데 이렇게 보니까 실물이 더 헌칠하고 잘생기어요, 도진 씨!"

도진은 자신을 바라보며 말하는 MC 김정주와 정현동의 말에 머쓱하게 웃었다.

"도진 씨가 지금 몇 살이라고 그랬죠?"

"저 올해로 열아홉 살입니다."

김정주의 질문에 도진이 수줍게 대답하자, 패널들이 술렁

천재 셰프
화귀하다

거렸다.

"이야, 아직 스무 살도 안 됐어요? 어쩐지 뽀얗더라니……."

"완전 아기가 따로 없네."

"나는 저 나이 때 뭐 하고 있었는지 기억도 안 나."

출연진들은 모두 어린 도진을 그저 귀엽고 기특하게만 바라보고 있었다.

그도 그럴 것이 패널 중 가장 어린 사람조차 서른 중반이었다.

심지어는 나이가 좀 많은 셰프는 '우리 아들보다 어리네.'라며 너털웃음을 짓고 있었다.

'다행이다.'

패널들은 모두 도진에게 호의적인 반응이었다.

단 한 사람만 빼고.

자신의 맞은편에서 웃음을 짓고 있었지만, 미처 숨기지 못한 듯 '나 너 맘에 안 들어.'라는 눈빛을 훤히 보여 주고 있는……

아니, 애초에 숨길 생각이 없는 듯한 셰프복을 입은 젊은 남자.

급하게 꿰맞추듯 섭외한 도진과는 다르게 처음부터 계획하에 섭외된 또 다른 셰프, 성은준이었다.

명찰을 확인한 도진은 기억날 듯 말 듯한 머릿속을 뱅뱅 도는 듯한 기분에 고개를 갸웃했다.

'성은준. 어디서 들어 본 것 같은데.'

하지만 그 기억을 떠올릴 새도 없었다.

MC들이 도진에게 쉴 틈도 없이 다시금 질문을 던졌기 때문이다.

"도진 씨는 언제부터 요리를 시작했나요?"

"본격적으로 주방에서 일한 건 아틀리에가 처음입니다. 그전에는 부모님 식당 일을 조금씩 도와드린 것뿐이에요."

도진이 김정주의 질문에 대답하자, 의외의 곳에서 감탄이 튀어나왔다.

아니, 정확히는 비꼼인 듯했다.

"이야, 근데 그렇게 빨리 셰프가 될 수 있었다고요? 대단하네."

성은준은 해맑게 웃는 낯으로 말했지만, 바로 정면으로 그를 보고 있던 도진은 그게 온전히 감탄이 아니라는 것을 알 수 있었다.

올라간 입꼬리에 접힌 눈 사이로 선명히 보이는 감정은 적대감이었다.

이후로도 성은준은 도진에게 던져지는 질문들에 족족 호감을 가장해 보는 이들을 생각하게끔 해서 논란이 될 만한 시비를 걸었다.

도진은 알 수 없었다.

'아무리 생각해도 본 적이 없는 것 같은데…….'

도대체 언제 봤다고 이렇게 시비를 거는지.

그런 생각을 하고 있을 때쯤.

이윽고 도진에게 마지막 질문이 던져졌다.

"자, 진짜 마지막으로 도진 씨는 그렇게 어린 나이에 아틀리에의 객원 셰프가 될 수 있었던 이유가 뭐라고 생각하십니까?"

"아무래도 역시, 재능인가요? 천재, 뭐 그런 거?"

"그건 저보다는 최석현 셰프님께 질문해야 할 것 같은데요? 셰프님, 왜 저한테 아틀리에의 객원 셰프가 되어 달라고 하셨나요?"

도진은 그들의 질문에 당황하지 않고 자연스럽게 최석현에게로 대답을 넘겨 버렸다.

그에 MC들은 '요 녀석 좀 보게.' 하는 표정으로 대상을 변경해 최석현에게 질문의 답을 요구하고 있는 동안.

도진은 성은준이라는 이름을 어디서 들었는지 기억해 내기 위해 애썼다.

잡힐 듯 잡히지 않는 기억에 골머리를 앓던 도진에게 정답을 알려 준 것은 다름 아닌 성은준 본인이었다.

"오늘의 또 다른 초대 셰프님이신 성은준 셰프님! 자기소개 부탁드립니다."

"이태원에서 파인다이닝을 운영하는 오너 셰프 성은준입니다. 잘 부탁드립니다."

"우리 은준 씨도 되게 어렸던 것 같은데, 어떻게 오너 셰프가……."

오너 셰프 성은준.

이태원에서 '프렌치 퀴진'이라는 파인다이닝을 이끌어 나가고 있는 26세의 국내 최연소 오너 셰프였다.

도진은 그 이름을 이미 알고 있었다.

자신이 화제가 되기 전까지는 가장 핫한 인물이었기 때문이다.

성은준은 최연소 오너 셰프인 것으로 유명해지며 이런저런 방송에 출연하며 더욱 이름을 날렸다.

도진은 그제야 성은준이 자신에게 적대감을 가지는 이유를 알 수 있었다.

'나한테 밀려났으니, 분할 만도 하지.'

살면서 눈앞에 장애물이라곤 하나도 없이 승승장구했을 텐데, 갑자기 어디선가 등장한 새파랗게 어린애가 객원 셰프라며 자신의 화제성을 다 빼앗아 갔으니…….

기분이 상할 만도 했다.

성은준이 왜 자신을 이렇게 싫어하는 듯한 태도를 보이는지 이유를 알게 된 도진은 속이 후련해졌다.

하지만 도진이 신경 쓸 일은 아니었다.

어떻게 삶이 항상 자기가 원하는 대로 흘러가겠는가.

'이런 일도 있고 저런 일도 있는 거지.'

궁금증을 해결한 도진은 드디어 방송에 집중할 수 있게 되었고, 이윽고 등장한 연예인들에 눈길을 빼앗겼다.

✕

확실히 연예인은 연예인이었다.

절친한 친구로 소개된 배우 남윤희와 강성재는 아역 시절부터 함께 많은 작품을 해 오며 오랜 친분을 유지하고 있다고 말하며 웃었다.

눈을 마주치며 웃는 두 사람의 모습은 마치 영화를 보는 듯한 기분이 들게 했다.

하지만 그런 인상은 그리 길게 가지 못했다.

이어진 MC 정현동의 짓궂은 질문 덕분이었다.

"그래도 남녀가 이렇게 친하게 지내면 스캔들이 날 법도 한데, 한 번도 그런 적이 없죠?"

"아유, 쟤가 무슨 여자예요. 저렇게 가녀린 외견에 속으시면 안 됩니다. 얼마나 우악스럽고, 괴팍한데……."

"야, 너 뭐라고 그랬냐?"

스물세 살 동갑인 두 사람의 대화는 마치 남매와도 같았다.

핑크빛 기류라곤 전혀 찾아볼 수 없는 분위기였다.

"이야, 이래서 그런 스캔들이 하나도 없었군요……."

두 사람이 티격태격하는 모습에 안타까운 듯한 말투로 상황을 웃어넘길 수 있게 정리한 김정주는 이내 본격적으로 진행을 시작했다.

"두 분 다 식성이 완전히 다르다면서요?"

"네, 저희가 아역 시절부터 알고 지냈는데, 아무리 오래 친하게 지내도 그건 안 맞더라고요. 유일하게 같이 좋아하는 게 떡볶이? 그 정도뿐이에요."

"그럼 두 분이 얼마나 식성이 다른지, 한번 냉장고를 확인해 볼까요?"

두 사람의 식성이 정반대라던 남윤희의 말처럼 두 사람의 냉장고 안에 든 재료들은 정반대였다.

운동을 열심히 하는 강성재의 냉장고는 육식 그 자체였다.

자기 관리의 끝판왕이라고 볼 수 있을 만큼 다이어트를 한다던 남윤희의 냉장고는 채소와 샐러드가 주를 이뤘다.

"이야, 이렇게 풀만 먹고는 어떻게 살아요?"

"저도 항상 그렇게 풀만 먹지는 않아요! 가끔 특식으로 분식 같은 것도 시켜 먹고 그래요."

그러면서 '샐러드도 생각보다 맛있다.'라며 덧붙이는 남윤희의 말에 강성재가 고개를 저었다.

"진짜 나는 저렇게 못 살아."

"밑에 칸 열어 보시면 그래도 고기도 있어요!"

그 말에 냉장실 가장 아래 칸을 열어 본 정현동을 실망한 표정을 감추지 않았다.

"어우— 소고기 안심. 기름기 하나도 없는 것 좀 봐."

"그래도 고기가 있는 게 어디입니까. 심지어 투쁠이네요."

"그걸로 스테이크 샐러드 해 먹으면 맛있어요!"

"이것도 샐러드로 만들어 먹어요?"

일부러 더 과하게 질렸다는 표정과 말투로 짓궂게 물어보는 정현동의 질문에 남윤희가 우왕좌왕하며 대답했다.

"그냥 스테이크로 구워 먹을 때도 있고, 아니 근데 진짜 샐러드로 해 먹어도 맛있는데……."

잔뜩 당황하는 남윤희의 모습에 김정주가 웃으며 말했다.

"그래도 윤희 씨는 집에서 자주 요리해 먹고 하나 봅니다. 재료가 상당히 다양하네요. 트러플 오일이나, 이야 캐비어도 있고……."

"그, 샐러드에 곁들이면 맛있거든요. 요리를 막 잘하는 건 아닌데, 친구들이랑 집에서 모여서 편하게 노는 걸 좋아하거든요. 그래서 간단한 요리 정도는 할 수 있어요!"

머쓱하게 웃으며 대답하는 남윤희의 모습에 정현동이 어린 조카를 보듯 흐뭇하게 웃으며 물었다.

"무슨 요리를 제일 잘하나요?"

하지만 그 물음에 대답한 것은 그녀가 아닌 강성재였다.

"떡볶이! 진짜 잘해요! 진짜 맛있는데. 쩝."

"오, 떡볶이요? 성재 씨는 윤희 씨가 해 준 떡볶이 많이 드셔 보셨나 본데요?"

강성재의 말에 정현동이 음흉하게 웃으며 묻자 강성재가 손사래를 치며 질색했다.

"저희 자주 모이는 동갑 친구들이 있는데, 유일하게 저희 둘만 자취해서 서로 아지트로 자주 쓰는 것뿐이거든요."

"제가 제일 좋아하는 거라 제일 잘 만들 수 있어요. 친구들한테도 제일 많이 해 주기도 하고!"

"떡볶이를 좋아하는 것치고는 냉장고에 떡이 없네요?"

"마침 똑 떨어졌는데, 사 놓기 전에 냉장고를 가져가셨더라고요. 셰프님들이 만들어 주시는 떡볶이 먹어 보고 싶었는데……."

아쉬움이 뚝뚝 묻어나는 목소리로 말하는 남윤희를 보고 있자니 절로 안타까운 마음이 들 정도였다.

몇몇 셰프들은 자식과 비슷한 나이의 남윤희가 그런 모습을 보이자 안쓰럽다는 표정을 지으며 '누가 빨리 가서 떡 좀 사 와라!'라고 장난스럽게 말했다.

그 모습에 남윤희는 웃음을 터트리며 손사래를 쳤다.

그렇게 냉장고 소개가 모두 끝난 뒤.

드디어 두 배우의 미션이 공개되었다.

도진은 공개된 미션의 주제를 하나하나 유심히 보았다.

총 네 개의 주제.

그중 도진의 눈에 들어온 것은 단 하나.

'셰프님의 실력 발휘 타임!'

바로 남윤희의 냉장고 주제 중 하나였다.

하지만 하고 싶다고 고를 수 있는 것은 아니었다.

대결할 수 있는 냉장고는 무작위로 배정되기 때문이었다.

냉장고가 배정되고 난 뒤에도 정해진 순서에 따라 주제를 고를 수 있기 때문에, 도진은 그저 자신이 남윤희의 냉장고에 배정되기만을 바랐을 뿐이다.

"미션을 다들 확인하셨으면, 이제 배정된 냉장고를 공개하겠습니다!"

MC들 뒤편에 주제가 띄워져 있던 화면이 눈 깜빡하자 바뀌었다.

그리고 도진은 화면을 확인하고 의외라는 듯 고개를 갸웃했다.

'남윤희의 냉장고에 배정된 건 좋은데…….'

예상하지 못한 배치였다.

'나랑 성은준은 둘 다 게스트라 따로 떨어트려 놨을 줄 알았는데.'

도진이 그런 생각을 하는 사이, 김정주가 진행을 이었다.

"자, 그럼 주제를 한번 골라 봅시다! 이번에는 특별히 게스트 두 분 먼저 고르도록 하겠습니다."

"나이순으로 한번 가 볼까요? 도진 씨? 먼저 고르시겠어요?"

MC들이 말을 하는 사이, 카메라 너머에서 도진을 보고 있던 작가가 눈을 찡긋했다.

갑작스럽게 섭외하게 된 만큼 가장 먼저 주제를 고르게 하는 것은 작가 나름의 배려인 듯했다.

'이런 배려는 오히려 고맙지.'

도진은 망설임 없이 주제를 선택했다.

"네, 그럼 저는 셰프님의 실력 발휘 고르겠습니다."

"이야, 자신감이 대단한데요?"

"이왕 나온 거, 제대로 보여 드려야죠."

"아주 멋진 포부입니다. 역시 젊은이의 패기!"

도진의 선택에 감탄하는 리액션을 한 정현동은 이내 성은준에게 고개를 돌리며 말했다

"그럼, 또 다른 젊은 패기의 셰프, 성은준 씨는 어떤 주제를 고르실지!"

"은준 씨! 주제를 골라 주세요!"

김정주가 정현동의 말을 이어 성은준을 보며 외쳤다.

"저는."

성은준은 김정주의 말이 끝나기 무섭게 주제를 선택했다.

"셰프님의 실력 발휘, 고르겠습니다."

김정주가 성은준의 선택에 물음을 던졌다.

"이야, 이거 두 젊은 셰프님들의 정면 승부인데요. 노리고 고르신 건가요?"

천재셰프
회귀하다

"이왕이면 이기는 게 좋잖아요."

성은준의 대답은 그 현장에 있던 모두를 놀라게 했다.

"이야, 이거 진심인 것 같은데 아주 흥미진진합니다!"

"젊어서 그런지 아주 당돌해요!"

MC들은 재미있는 장면이 하나 나온 듯 흥미진진한 표정을 지으며 분개하고 있을 도진을 상상하고 고개를 돌렸으나…….

정작 당사자인 도진은 차분하게 미소만 짓고 있을 뿐이었다.

최석현의 말처럼 경험 삼아, 가벼운 마음으로 나온 '냉장고를 보여 줘!'였다.

그저 자신보다 훨씬 오랫동안 필드에서 활약하고 있는 셰프들이 겨루는 모습을 직접 보고, 무엇 하나라도 더 배우고 싶어 나왔을 뿐이었다.

그런데.

"제가 이길 수 있을 것 같아서요."

성은준이 자신을 도발하기 위해 그렇게 말한 것이라면 아주 성공적이었다.

'나를 너무 만만하게 본 것 같은데…….'

애써 표정 관리를 하고는 있었지만, 가슴 깊은 곳에서 들끓는 승부욕에 도진은 오랜만에 호승심을 불태웠다.

하지만 아직 도진의 차례가 오려면 시간이 남아 있었다.

남윤희의 냉장고 재료를 이용해 또 다른 주제를 가지고 대결할 두 사람이 있었기 때문이다.

한쪽은 40년 경력의 중식 대가, 다른 한쪽은 25년 경력의 유명 일식당의 오너 셰프였다.

도진의 바로 앞에 있는 조리대에서 앞치마를 정돈하고 있는 두 셰프를 올려다보았다.

신기했다.

코앞에서 이렇게 대단한 셰프들이 요리하는 모습을 지켜볼 수 있다니.

'역시 나오길 잘한 것 같아.'

도진이 그런 생각을 하는 사이, 어느덧 대결의 준비는 모두 끝났고⋯⋯.

김정주가 우렁차게 두 사람의 대결 시작을 알렸다.

"지금부터, 요리를 시작해 주세요!"

15분의 타이머가 움직이기 시작하고, 익숙한 듯 빠르게 움직이기 시작하는 두 셰프.

도진은 그런 두 사람의 모습에 한껏 빠져들었다.

전생의 사고 이후 방황했던 순간을 제외하면 요리를 처음 접한 이후.

끊임없이 새로운 요리에 대한 탐구를 이어 왔다.

하지만 이렇게 전혀 다른 주전공을 가진 셰프들의 요리를 이렇게 가까이서 볼 기회는 흔치 않았다.

마침 자리도 조리대와 가장 가까운 곳이었다.

도진은 요리가 진행되는 15분 동안 한시도 눈을 돌릴 수가 없었다.

두 사람의 요리 실력을 생생하게 볼 수 있는 기회를 놓칠 수 없었기 때문이다.

중간에 MC인 김정주가 맛을 보러 나가거나, 다른 셰프들이 짓궂은 코멘트로 집중력을 흩트려 놓곤 했지만 두 사람은 한 치 흐트러짐 없이 자기 요리에 집중하는 모습을 보였다.

'대단하다.'

어마어마한 집중력이었다.

제한 시간 내에 요리를 완성해야 한다는 것은 부담감이 매우 큰일이었다.

심지어 고작 15분밖에 주어지지 않았다.

쉴 틈 없이 멘트를 치는 현장에서 저렇게 집중력을 유지하는 것은 쉽지 않은 일이었다.

그 모습을 지켜보던 도진은 새삼스럽게 자신이 나온 프로그램이 대단한 곳이라는 것을 느꼈다.

시청자들이야 가볍게 볼 수 있는 예능이 분명했다.

하지만 지금 조리대에 나가 있는 두 셰프뿐만 아니라, 자리에 앉아서 그들이 요리하는 모습을 지켜보고 있는 셰프들 또한 대단한 실력자들이었다.

그런 곳에 자신도 함께 있다니…….

최석현의 추천이 아니었다면 햇병아리인 도진은 이곳에 나올 생각조차 할 수 없었을 게 분명했다.

도진이 감탄하며 두 사람의 손을 좇았다.

빠르게 움직이던 손들은 어느새 세심하게 마무리를 시작했다.

이내.

띵-.

동시에 종이 울렸고…….

    00 : 06

그 소리와 함께 타이머가 멈췄다.

"아-."

그제야 도진은 숨을 몰아 내쉬었다.

도진은 벌써 끝났다는 사실에 아쉬움의 탄식을 내뱉을 수밖에 없었다.

'그래도 이 정도면 충분하지.'

대결을 위해 주어진 시간은 15분.

도진은 이 두 셰프의 대결을 그저 감탄하며 바라만 본 것은 아니었다.

도진은 바로 앞 전, 속도감 넘치는 대결을 보여 준 셰프들의 열기를 간직한 채 조리대 앞에 섰다.

즉석에서 15분 안에 요리를 완성한다는 것은 쉽지 않은 일이긴 했지만, 도진은 전생의 경험들에 대한 기억이 고스란히 남아 있었다.

게다가 이런 종류의 미션이나 갑작스럽게 생기는 돌발 상황의 경우, 지난 서바이벌 프로그램들이나 요리 대회에서 겪은 여러 경험을 통해 이미 단련되어 있었다.

물론 이렇게까지 짧은 시간 내에 요리를 완성해야만 했던 적은 없었지만, 앞선 두 셰프의 대결을 통해 어떻게 시간을 활용해야 할지 얼추 감을 잡을 수 있었다.

즉, 자신감은 충분하다는 뜻이었다.

"자, 두 분 모두 냉장고에서 사용할 재료를 가지고 오시기를 바랍니다!"

MC의 말에 도진이 조리대에 놓여 있던 바구니를 들고 냉장고로 향했다.

남윤희의 냉장고는 정갈하게 정리되어 있었다.

어머니와 할머니가 해 주셨다던 반찬들은 물론이고, 본인이 직접 사 둔 재료들과 선물 받은 값비싼 재료들.

요리를 잘 못한다곤 했지만 그래도 손길이 느껴지는 모습이었다.

하지만 그 많은 재료 중 도진은 일찌감치 생각해 둔 재료들을 속속히 골라 자리로 돌아왔다.

그리고 이내.

성은준도 재료를 모두 골라 자리로 돌아와 본격적으로 대결하기에 앞서 다시금 옷매무새를 점검했다.

두 MC는 도진의 재료와 성은준의 재료를 번갈아 보며 말했다.

"에게, 도진 씨! 그게 다예요?"

"재료가 너무 비교되는데? 그거 가지고 실력 발휘하겠어요?"

도진은 두 MC의 반응이 충분히 이해되었다.

자신이 보기에도 성은준의 재료에 비해 자신이 가지고 온 재료들은 너무 평범했다.

어묵과 파, 새우, 계란, 당면, 즉석밥까지.

그에 반해 성은준의 재료는 척 보기에도 화려했다.

캐비어에, 트러플 오일, 투플 한우 같은 셰프들이 군침을 삼킨 재료들을 한껏 가지고 왔다.

화려한 재료들을 보아하니, 성은준의 성격이 눈에 훤히 보이는 듯했다.

그가 가지고 온 재료는 하나같이 다 고급스러운 재료들이었다.

하지만 그래 봐야 스테이크의 재료들이었다.

쉬이 예상할 수 있는 메뉴에 도진은 저도 모르게 미소를 지을 수밖에 없었다.

가장 자신 있는 요리를 만들어 달라는 주제에 스테이크를 고르다니, 경력이 많지 않은 셰프가 할 법한 선택이었다.

'하지만, 만약 스테이크가 아니라 다른 음식을 만든다면 더 재미있을 것 같긴 한데…….'

도진의 입가에 어린 미소를 포착한 정현동이 그에게 물었다.

"도진 씨, 그렇게 여유만만 할 때가 아닌 것 같은데? 괜찮은 거 맞아요? 까딱하면 진다니까?"

그의 말에 도진이 한숨을 푹 내쉬며 말했다.

"저는 자신이 없네요."

"에에? 아직 시작도 안 했는데 자신이 없다니 그러면 어떡합니까!"

"질 자신이 없습니다. 전 이길 생각으로 이 재료들을 골라온 겁니다."

김정주가 도진의 말에 놀란 듯 눈을 크게 뜨며 말했다.

"정말 어마어마한 자신감입니다! 그럼 질 자신이 없는 도진 씨는 그 평범한 재료들로 무슨 요리를 하실 건가요!"

"다 알려 드리면 재미없으니까요. 보다 보시면 무슨 요리 인지 알 수 있으실 겁니다!"

도진은 일부러 더 제 나이답게 장난기 가득한 말투로 그의 말에 대답했다.

그러자 김정주가 쓰러지는 듯한 반응을 하며 말했다.

"이야, 도진 씨. 방송 출연을 몇 번 해 보셔서 그런지 밀당 을 할 줄 알아요!"

"아주 요망합니다. 요망해요!"

"그러니까 말입니다. 아주 요물이 따로 없어요?"

정현동과 함께 키득거리며 말을 주고받은 김정주가 이번 에는 성은준을 바라보며 물었다.

"은준 씨, 들으셨죠? 질 자신이 없다는 데 어떻게 생각하 시나요!"

"저야말로 그 말을 돌려주고 싶은데요. 별은 제가 가져가 겠습니다."

질문을 던진 것은 김정주였지만 성은준은 도진을 바라보 며 대답했다.

하지만 도진은 고작 그 정도의 도발에는 꿈쩍도 하지 않았 다.

두 사람이 알게 모르게 기 싸움을 하는 사이에도 MC들은 진행을 이어 갔다.

"하긴 냉장고에 있던 좋은 재료는 은준 씨가 다 가지고 온 것 같은데요?"

"은준 씨는 어떤 요리를 하실 건가요?"

"저는 남윤희 배우님이 말씀하신 주제에 맞게, 제가 제일 잘할 수 있는 스테이크로 제대로 한번 실력 발휘를 해 볼 생각입니다."

도진은 성은준의 말에 '예상을 벗어나지 않는군.'이라며 조용히 중얼거렸다.

저도 모르게 나온 말에 순간 움찔한 도진은 잠시 움찔했으나, 다행히 듣지 못한 듯 정현동과 김정주는 진행을 이어 가고 있었다.

그 모습에 도진은 작게 안도의 한숨을 내쉬고는 이내.

요리하기에 앞서 다시 한번 더 마음을 가다듬었다.

'후– 어디 한번 해보자고.'

남윤희의 냉장고는 요리를 잘 못한다는 사람치고는 여러 재료가 준비되어 있었다.

요리를 잘하지는 못한다고 했지만, 요리를 즐기는 사람의 냉장고였다.

그 덕분에 성은준은 만족스럽게 재료들을 골라 자리로 돌아왔다.

하지만 바로 옆 도진이 골라 온 재료들을 보자마자 성은준은 기가 찼다.

'뭐야, 저 보잘것없는 재료들은.'

그도 그럴 것이, 도진이 가져온 재료들은 도대체 무엇을 만들려고 하는지 가늠이 안 갈 뿐더러, 모두 평범한 재료들뿐이었다.

'그렇게 방송에서 잘났다고 떠들어 댈 때는 언제고, 완전히 포기했나 보지?'

성은준은 코웃음을 쳤다.

드디어 도진의 밑천이 드러난다고 생각했기 때문이다.

성은준은 이제 자신의 진가를 드러낼 수 있으리라 생각했다.

그렇기에 당당하게 말했다.

"제일 자신 있는 스테이크를 할 생각입니다."

하지만 그 말을 듣고는 낮게 중얼거리는 도진의 목소리.

자신이 잘못 들은 건가 싶었던 성은준은 몇 번이고 도진을 힐끔거렸지만, 그는 입도 뻥긋하지 않은 듯 너무나 태연한 표정을 하고 있었다.

그러나 성은준은 똑똑히 들었다.

—예상을 벗어나지 않는군.

귓가에 꽂히듯 들린 그 말에 그는 어이가 없었다.

'하, 참나. 뭐, 예상? 지가 뭔데 예상이 뭐, 어쩌고저째?'

기껏 해 봤자 이제 요리를 시작한 지 1, 2년이 채 안 되었을 도진이었다.

자신도 그리 경력이 길진 않았지만, 도진보다는 더 오래 주방에 있었고 실력에 대한 자부심 또한 있었다.

하지만…….

성은준은 방금 전 도진의 그 말로 완전히 자존심이 뭉개졌다.

'지는 얼마나 잘났길래? 두고 봐, 내 실력으로 완전히 압살해 주지.'

성은준은 자신감에 가득 차 있었다.

도진의 재료를 본 뒤로는 더욱 확신했다.

분명 자신이 도진을 완벽히 이길 수 있으리라고.

'내가 할 수 있는 최고의 요리를 만들어 주지.'

성은준이 그런 생각을 하는 사이 정현동과 시시콜콜할 말들을 몇 번 더 주고받은 김정주는 이내 목을 가다듬었다.

"크흠. 자, 두 분 모두 준비가 다 된 듯하니 이제 한번 가 볼까요? 그럼, 지금부터."

김정주는 도진과 성은준을 번갈아 보더니 이내 손을 앞으로 뻗으며, 큰 목소리로 시작을 알렸다.

'좋아, 어디 한번 해보자고.'

성은준은 도진의 재료를 보고는 한껏 차오른 자신감에 여유롭게 손을 움직였다.

가장 먼저 고기를 꺼내 들어 먼저 밑간을 한 뒤, 고기와 곁들일 가니쉬로 곁들일 버섯과 아스파라거스를 꺼내 들었다.

바쁘게 움직이는 성은준의 귓가에는 끊임없이 MC들과 패널들의 목소리가 들려왔지만, 크게 신경 쓰지 않았다.

지금 당장은 자신의 요리에 집중하는 것이 더 중요했기 때문이다.

성은준은 자신이 가지고 온 재료들을 하나둘씩 손질하며 이를 갈았다.

'두고 봐. 내가 보란 듯이 이겨서 저 코를 납작하게 해 주지.'

그의 머릿속에는 오로지 이 대결의 승리밖에 남지 않은 듯했다.

도진은 대결이 시작되기 직전, 김정주가 성은준의 재료를 가지고 얘기하는 것을 한 귀로 흘리며 다시 한번 더 요리 순서를 복기하기 시작했다.

'셰프님의 실력 발휘 타임!'이라는 주제를 선택한 도진이었지만, 막상 그가 직접 골라온 조리대 위 재료들은 평범 그 자체였다.

한마디로 말하자면, 도저히 주제와는 매치가 되지 않는 재료들이었다.

사실 가장 처음 주제를 본 도진은 주제 그대로 자신이 제일 잘할 수 있을 요리를 하려고 했다.

그래서 짧은 시간 내에 할 수 있는 요리 중 플레이팅을 공들여 할 수 있을 법한 요리가 무엇이 있을지 고민했고…….

20대 초반의 남윤희가 좋아할 법한 느낌의 오픈 샌드위치를 곁들인 브런치 플레터가 괜찮을 것 같다는 결론에 다다랐다.

하지만 앞선 셰프들의 요리를 본 뒤 생각이 바뀌었다.

셰프들은 정말 정성을 다해 냉장고의 주인인 남윤희가 좋아할 수 있는 요리를 완성해 냈다.

"둘 다 너무 맛있어서, 어떤 걸 선택해야 할지 모르겠어요."

그녀가 선택하기 힘들다고 말하며 한참을 고민했으니, 그들이 얼마나 남윤희의 니즈를 충족시켰는지 알 법했다.

그래서 도진은 생각을 고쳤다.

주제가 셰프의 실력 발휘였기에 자신의 특기인 플레이팅을 살리면서도 15분 이내에 만들 수 있는 요리를 하려고 했으나 간과한 게 있었다.

바로 그녀의 취향.

앞선 두 셰프의 대결이 끝난 뒤, 자신의 차례가 되어 냉장고에 재료를 가지러 가기 전.

도진은 남윤희가 했던 말들을 유심이 떠올렸다.

그녀는 촬영하는 내내 자신도 모르게 끊임없이 자신의 취향을 어필하고 있었다.

─유일하게 같이 좋아하는 게 떡볶이 정도?

─요리는 잘 못하지만, 떡볶이는 진짜 좋아해서 레시피 보면서는 만들 수 있어요!

─셰프님들이 만들어 주시는 떡볶이 먹어 보고 싶었는데…….

─저희 엄마가 예전에 분식집을 하셨거든요. 그래서 정말 많이 먹었어요. 이후에 먹고 싶어서 만들어 봤는데 아무리 해 봐도 그 떡볶이 맛은 안 나더라고요. 살짝 매콤 달달하게, 학교 앞 분식집 떡볶이 같은…….

매콤달콤한 학교 앞 분식집 떡볶이.

그 정도는 눈 감고도 할 수 있을 만큼 많이 만들어 먹었던 메뉴였다.

전생의 유학 시절 한국이 그리울 때면 가장 많이 해 먹었던 요리 중 하나였기 때문이다.

문제는 남윤희의 냉장고에는 떡볶이를 할 수 있는 떡이 없다는 것이었다.

하지만.

'떡이 없으면, 만들면 되는 거지.'

가난한 유학생이었던 도진이 외국에서 떡을 구하기란 쉽지 않았기에 떡볶이를 한번 먹자고 직접 떡을 만들어 볼 정도였으니……

냉장고에 떡이 없는 것 정도는 도진에게 문제가 되지 않았다.

'요리는 얼마나 창의적이냐에 따라 할 수 있는 범위가 훨씬 넓어지는 법이지.'

가장 메인이 되는 음식으로 떡볶이를 하고, 하나로는 아쉬우니 곁들여 먹을 수 있는 튀김과 그녀의 어머니가 핫케이크로 종종 만들어 주셨다는 샌드위치까지.

결론적으로 남윤희의 취향이 가득 묻어 있는 메뉴를 만들기 위한 재료들이 도진의 조리대 위에 올려져 있었다.

모두가 도진의 재료를 보고 의아한 반응을 보였으나, 도진은 지금 이 순간.

그 누구보다 남윤희를 만족시킬 자신이 가득했다.

'제 시간 내에 완성만 하면 돼.'

도진이 크게 심호흡을 하는 사이.

세트장의 불이 꺼지고 도진과 성은준을 향해 조명이 비춰지며 긴박한 음악이 들리기 시작했다.

그와 동시에 정현동이 두 사람을 소개했고, 이내 김정주의 목소리가 귀를 때리듯 세트장에 울려 퍼졌다.

"요리를 시작해 주세요!"

장내에 크게 울리는 '삐-.' 하는 소리와 함께 타이머가 움직이기 시작했다.

    15 : 00

    14 : 59

    14 : 58

도진은 자신의 정면에 있는 큼직한 스크린에 적힌 숫자가 움직이기 시작하는 것을 확인하고는, 망설임 없이 움직이기 시작했다.

본격적인 대결의 시작이었다.

대결이 시작되고, 도진은 가장 먼저 작은 냄비 두 개를 꺼내 물을 끓이기 시작한 뒤 감자를 손질했다.

15분 안에 세 개의 요리를 완성해야 했기 때문에, 시간 분배가 이번 대결의 키 포인트였다.

순식간에 감자를 손질한 도진은 팔팔 끓는 물에 소금을 한 꼬집 넣고 한쪽에는 감자, 한쪽에는 계란을 넣었다.

"이야, 도진 씨는 벌써 냄비를 두 개나 쓰기 시작했어요!"

"감자를 작게 잘라서 끓는 물에 넣은 건 빨리 익히기 위해서인가요?"

MC들은 입을 멈추지 않고 끊임없이 요리하는 모습을 보며 말을 내뱉었다.

"언제쯤 도진 씨의 요리가 윤곽을 보이기 시작할까요?"

"무슨 요리를 하려는지 너무 궁금하네요."

틈틈이 패널들도 그들이 요리하는 모습을 보며 코멘트를 덧붙였다.

그리고 그 코멘트 중 가장 높은 비율을 차지한 것은 바로 도진이 무슨 요리를 할지에 대한 추측이었다.

재료만 보면 무슨 요리를 할지 예상할 수 없었던 도진의 메뉴는, 대결을 시작하고 나서도 도무지 알 수가 없었다.

하지만 도진은 그 질문들에 아랑곳하지 않고 그저 씨익 웃으며 요리를 이어 나갔다.

시간은 빠르게 흘렀다.

11 : 45

시계를 확인한 도진은 다시 시간을 계산하며 조금 더 빨리 손을 움직였다.

'감자랑 계란은 좀 더 삶고 물 새로 올린 뒤에…….'

지금 도진이 완성한 거라고는 고작 팬케이크뿐이었기에

셰프들은 걱정이 가득한 표정을 하고 있었다.

보다 못한 최석현이 도진에게 물었다.

"정말 무슨 요리 만들려는지 안 알려 줄 겁니까?"

그의 물음에 도진은 어쩔 수 없다는 표정을 하며 입을 열었다.

"저는 떡볶이를 만들 생각입니다."

"떡볶이요? 떡이 없는데 어떻게 떡볶이를 만들 수가 있죠?"

도진의 말에 질문을 던졌던 최석현이 의아한 표정을 지으며 물었다.

고개를 갸웃거리는 최석현의 모습을 본 도진이 웃음을 터트리며 말했다.

"떡이 없으면 만들면 되죠!"

"에에? 예?"

그 말에 놀라 반문한 것은 다름 아닌 냉장고의 주인공 남윤희였다.

그녀는 눈을 똥그랗게 뜨며 도진에게 물었다.

"떡을 어떻게 만들어요? 이제 11분 조금 넘게 남았는데 그게 가능해요? 아니, 근데 그러면 팬케이크는 왜 구운 거예요?"

알 수 없다는 표정을 한 남윤희의 질문을 와르르 쏟아 냈다.

그녀의 눈에는 과연 요리를 완성할 수 있을지에 대한 의문이 가득 담겨 있었다.

  그 모습을 보며 도진이 손을 멈추지 않으며 대답했다.

  "예리하시네요. 저는 지금 세 가지 요리를 만들 예정이거든요."

  그러고는 이내 고개를 들어 남윤희를 바라보며 말을 덧붙였다.

  "떡볶이랑 새우튀김, 그리고 팬케이크 샌드위치를 만들 겁니다."

  도진의 말에 남윤희는 큰 눈을 더욱더 동그랗게 치켜뜨며 되물었다.

  "그게 가능해요?"

  "가능하게 만들어야죠."

  그녀의 말에 대답하며 멈추지 않고 요리를 이어 나가는 도진의 모습은 군더더기 없이 깔끔하고 정확하게 움직여 마치 입력된 명령을 수행하는 기계 같았다.

  ⚓

  성은준은 옆에서 들리는 도진의 목소리에 코웃음을 쳤다.

  '하! 참 나, 가능하게 만들어? 말도 안 되는 소리를 하고 있네. 어떻게 10분밖에 안 남았는데 세 개를 완성해?'

어림도 없는 소리였다.

성은준은 도진이 얼마 남지 않은 시간에 허둥지둥하며 하나도 제대로 완성하지 못하고 낭패를 볼 게 뻔하다고 생각했다.

그에 반해 자신은 이제 고기에 곁들일 퓨레를 다 만들었으니, 고기와 가니쉬를 구워 플레이팅만 완성하면 된다.

'이렇게 되면 내 승리가 눈에 훤히 보이는걸. 이거 너무 쉽게 이기는 거 아니야?'

성은준의 예상과는 다르게 도진은 너무 여유로웠다.

그는 도진이 남윤희에게 질문을 한 그 순간부터 뭔가 잘못되었음을 느꼈다.

"아, 참. 남윤희 씨는 매운 거 잘 드십니까?"

"그냥, 적당히요?"

손은 바쁘게 자신의 할 일을 하면서도 도진의 목소리에 귀를 기울이던 성은준은 도대체 도진이 왜 저렇게 여유로운지 알 수 없었다.

'보나마나 별거 없는 배짱이겠지. 신경 쓰지 말고 내 할 일만 잘하면 돼.'

성은준은 이내 도진에게 신경을 끈 채, 곁들일 가니쉬를 손질하고 있었다.

그러나.

"아니! 이게 도대체 무슨 일이죠?"

순간적으로 놀란 듯한 김정주의 목소리가 성은준의 귓가에 들려왔다.

그에 자신도 모르게 고개를 들어 정면의 MC석에서 놀란 듯 두 눈을 동그랗게 뜨고 있는 김정주의 시선이 향하는 곳으로 고개를 돌렸고…….

그곳에는 바쁘게 손을 움직이는 도진이 있었다.

김정주는 다시 한번 중개를 이었다.

"아니, 지금 즉석밥을 전자레인지에 돌리지 않고 그냥 뜯어서 볼에 담았는데요! 도대체 뭘 하려는 걸까요!"

"그러게요. 전혀 예상되지 않습니다! 도진 씨! 도대체 뭘 만드시는 거죠?"

두 MC는 줄어드는 시간처럼 급박한 말투로 도진에게 물었지만, 도진은 침착하게 대답할 뿐이었다.

"떡을 만들 겁니다. 즉석밥에 밀가루와 전분 가루를 넣고……."

도진의 말을 듣던 성은준이 코웃음을 쳤다.

'고작 10분 만에 떡을 어떻게 만들어? 말도 안 돼.'

그렇게 생각했다.

하지만.

도진은 망설임 없이 손을 놀렸다.

몇 번이고, 몇 번이고 볼에 담긴 반죽을 치대기를 반복하던 도진은, 이내 적당히 단단해진 정도를 확인하고는 반죽을 길게 밀기 시작했다.

그리고 이윽고.

적당히 통통하고 길게 밀어진 반죽을 사선으로 잘라 내자 정말 떡볶이 떡과 같은 비주얼이 되었다.

"이야! 정말 떡이 됐습니다!"

"완벽한 떡볶이 떡입니다! 시중에 판매하는 거랑 똑같이 생겼어요!"

"맛이나 식감도 정말 떡 같을지 궁금한데요?"

그 광경에 MC들뿐만 아니라 다른 패널들도 놀랍다는 듯 말하고 있었다.

성은준은 몇 번이고 눈을 씻고 도진의 조리대를 바라보았다.

'저게 정말 가능한 거라고?'

말도 안 되는 일이라고 생각했건만, 도진은 그것을 해냈다.

성은준이 넋을 놓고 도진을 바라보고 있는 와중에도 도진은 움직임을 멈추지 않았다.

잘라 낸 떡을 끓는 물에 담가 데쳐 낸 도진은 금세 소스를 만들어 떡볶이를 끓이기 시작했다.

그리고 다른 팬을 올려 기름을 흥건하게 짜서 불을 올리고는 삶아 둔 계란과 감자를 으깨기 시작했다.

정말 세 가지 요리를 모두 완성하려는 생각인 듯했다.

"아—! 은준 씨! 손이! 손이 멈췄어요!"

"시간이 얼마 남지 않았습니다! 급해요!"

넋을 놓은 채 도진을 바라보던 성은준이 MC들의 목소리에 급히 정신을 차리고 시간을 확인했다.

06 : 48

성은준은 크게 한숨을 내쉬었다.

비록 전만큼 여유롭지는 않았으나, 다행히 요리를 완성해낼 수 있는 시간이었다.

치이익-.

달궈진 팬에 고기를 올려 시어링을 하던 성은준은 자신의 요리를 하면서도 몇 번이고 도진의 조리대를 힐끔거렸다.

성은준은 애써 평온한 척을 하며 속으로 몇 번이고 되뇌었다.

'그래 봤자 떡볶이랑 샌드위치일 뿐이야. 내가 질 리가 없어.'

하지만 녹은 버터를 고기에 끼얹는 성은준의 떨리는 손끝이 '무언가 잘못됐어.'라는 그의 불안함을 나타내는 듯했다.

"뭐? 냉장고를 보여 줘 섭외가 들어왔다고?"

남윤희가 그 사실을 처음 알았을 때 가장 먼저 든 생각은 '내 냉장고를 전 국민한테 공개한다고?'였다.

그래서 프로그램에 출연하는 데 조금 망설임을 보였다.

하지만 그 부끄러움을 이기고 '냉장고를 보여 줘!'에 출연하게 된 이유는 다름 아닌 호기심 때문이었다.

'냉장고를 보여 줘!'는 그녀가 평소에도 종종 보곤 하던 프로그램이었다.

자취를 시작한 지 이제 1년 차.

아직은 집을 꾸미고 본인이 직접 요리해 먹곤 하는 것이 가장 즐거울 때였고, 그 덕분에 남윤희는 '냉장고를 보여 줘!'에 나오는 간단한 레시피들을 몇 번 따라 해 먹기도 했다.

그녀는 그때마다 항상 궁금했다.

'정말 15분 만에 만드는 게 맞을까?'

방송이야 편집해서 내보내는 것이다 보니, 워낙 조작이 쉬웠다.

그녀도 몇 번의 예능 출연을 통해 완벽하게 리얼리티를 추구하는 예능은 없다는 것을 느꼈다.

모두 최소한의 대본은 있었고, 좀 더 재미있는 방송을 만들기 위해 조금의 조작도 있었다.

그렇기에 남윤희는 '냉장고를 보여 줘!'도 분명 칼같이 15분을 지키지 않을 것이라고 생각했고, 그 사실을 확인하고 싶어 프로그램에 출연하기로 마음먹었다.

그리고 다가온 촬영 날.

그녀는 자신의 생각이 완전히 틀렸음을 알게 되었다.

"진짜 15분 만에 요리를 완성하잖아?"

남윤희는 냉장고의 주제를 가지고 요리를 완성해 내는 두 셰프들의 모습에 두 눈을 땡그랗게 뜰 수밖에 없었다.

'진짜 대단하다……. 다들 주방에서 오래 일하셔서 가능한 거겠지?'

그렇게 생각하며 심사를 마친 그녀는, 이윽고 다음 대결을 준비하고 있는 도진과 성은준을 바라보며 생각했다.

'이 두 사람은 너무 젊어 보이는데, 15분 만에 완성을 할 수 있으려나?'

하지만 그런 생각도 잠시, 두 사람은 생각보다 더 잘해 내고 있는 듯했다.

타다다다닥─!

처음에는 화려하게 칼질을 하며 재료를 손질하는 성은준에게 눈이 갔다.

그는 몇 번의 칼질 후 이런저런 재료들을 섞더니 순식간에 퓌레를 만들어 냈다.

그에 반해 도진은 남윤희가 보기에 너무 느긋해 보였다.

혹시나 미완성인 상태에서 자신이 요리를 먹어야 할지도 모른다는 생각이 든 그녀는 조심스럽게 옆자리에 앉은 셰프에게 물었다.

"저, 셰프님. 혹시 지금까지 촬영하면서 미완성이 된 요리도 있었나요?"

"음, 드물긴 하지만 있긴 했죠."

"혹시 그게 오늘인가요?"

"하하, 너무 걱정하진 마세요. 도진 씨가 너무 여유로워 보여서 걱정이 되나 본데……."

셰프는 도진을 힐끔 쳐다보고는 다시 말을 이었다.

"군더더기 없이 깔끔하게 요리하고 있으니 분명 하려는 건 다 완성할 겁니다. 걱정하지 마세요."

남윤희는 셰프의 말을 듣고도 쉬이 걱정을 내려놓지 못했다.

5분이라는 시간이 흘렀음에도 도진이 하고자 하는 요리가 무엇인지 보이지 않았기 때문이다.

'이래서는 영락없이 요리를 완성할 것 같은 성은준 셰프님이 이기겠는걸.'

그렇게 생각했다.

하지만.

"아, 참. 남윤희 씨는 매운 거 잘 드십니까?"

도진이 그녀에게 질문을 건넨 순간을 기점으로, 대결의 판도가 바뀐 듯했다.

남은 시간이 채 7분이 되지 않는 시점부터 도진의 요리는 하나둘씩 빠르게 완성이 되어갔다.

떡을 만드는 그 순간부터, 팬케이크로 샌드위치를 만들면서 동시에 새우튀김을 하는 모습까지.

어느 순간부터 남윤희는 도진이 요리하는 모습에 눈길을 빼앗기고 말았다.

그리고 이내, 두 사람이 동시에 종을 울렸다.

띵―!

맑은 종소리가 요리의 완성을 알림과 동시에 타이머가 멈췄다.

00 : 00

시간을 꽉 채워 쓴 두 사람은 모두 이마에 송골송골 땀방울이 맺혀 있었다.

"자, 그러면 이제 한번 평가를 시작해 볼까요?"

"두 분 동시에 완성하셨으니, 윤희 씨가 먹고 싶은 거 먼저 맛보시면 됩니다!"

두 MC의 말에 남윤희는 먼저 성은준의 접시를 바라보았다.

주황색의 퓌레 위에 먹음직스럽게 구워져 올라가 있는 도톰한 스테이크.

그리고 그 옆에는 캐비어를 곁들인 새싹 채소 샐러드와 구운 채소들이 정갈하게 플레이팅 되어 있었다.

스윽―.

가벼운 칼질로 스테이크를 잘라 낸 남윤희는 퓌레를 한 움큼 묻혀 맛을 본 그녀는 씩 웃으며 말했다.

"맛있어요! 완전! 당근은 별로 안 좋아했는데, 이렇게 먹으니까 또 색다르고 좋네요."

"이야, 평이 좋습니다!"

"저도 한 입만 먹어 보고 싶네요. 완전 고급 레스토랑 메뉴 같습니다!"

MC들은 그녀의 호평에 더 호들갑을 떨며 말을 덧붙였다.

하지만 사실 성은준의 요리는 맛이 없으려야 없을 수가 없었다.

그냥 구워도 맛있는 소고기와 그녀가 좋아하는 재료들.

남윤희는 몇 차례 더 음식을 맛보고는 입가를 닦은 뒤.

물로 입안을 헹구고는 도진의 요리가 담긴 접시를 자신의 앞으로 끌어당겼다.

"자, 이제 도진 씨의 요리 한번 먹어 볼 텐데요."

"은준 씨의 요리에 비해서 너무 소박한 것 아닙니까? 셰프의 실력 발휘가 주제인데 이거야, 원……."

정현동이 도진의 요리를 보며 투덜거렸다.

그럴 만도 했다.

앞선 성은준의 요리는 레스토랑에서나 나올 법한 비주얼이었으나 그에 비해 도진의 요리는 어찌 보면 소박한 모양새였다.

하지만 남윤희는 그 모습이 퍽 맘에 들었다.

낮은 접시에 담긴 국물이 자작한 떡볶이와 새우튀김.

그리고 그 옆에는 익숙한 모양새의 핫케이크 샌드위치.

어쩐지 아련한 추억이 생각나는 듯한 메뉴들이었다.

남윤희는 무엇부터 맛볼지 잠시 고민하다가 떡볶이로 손을 움직였다.

한참을 아무 말 없이 도진이 만든 요리들을 먹던 남윤희는 이윽고 젓가락을 내려놓고 조심스럽게 입을 열었다.

"제가, 매운 떡볶이를 정말 좋아했거든요. 그래서 엄마가 가끔 만들어 주곤 하셨는데, 딱 그 맛이 나요. 그리고 이 샌드위치도⋯⋯."

그녀는 목이 메는 듯 목소리를 고른 뒤 이내 말을 이었다.

"항상 같이 만드셨거든요. 자기는 매워서, 이런 거라도 있어야 먹을 수 있겠다면서⋯⋯."

한참 샌드위치를 응시하던 그녀는 고개를 들어 도진을 바라보고 물었다.

"도대체 어떻게 만든 거예요?"

흔들림 없는 눈으로 자신을 바라보며 묻는 남윤희의 모습에 도진이 그녀를 응시하며 대답했다.

"그냥, 말씀해 주신 대로 만들었을 뿐입니다. 어떤 맛인지 설명해 주셨었잖아요."

남윤희는 냉장고를 구경하며 인터뷰하는 동안, 모든 힌트를 주었다.

조금만 생각해 봐도 만들 수 있었다.

달콤한 팬케이크에 매운맛을 중화시키는 감자샐러드.

"엄마가 얼마나 맛있게 먹는지, 제가 가끔 뺏어 먹기도 했어요. 소세지가 들어가 있어서 맛있더라고요."

도진은 그녀의 사소한 멘트 하나도 놓치지 않고 떠올려 요리를 완성해 냈다.

"인터뷰할 때 그렇게 말씀해 주셔서, 참고해서 만들었죠."

"그걸, 다 기억하신 거예요?"

"손님의 취향을 알면 더 만족할 수 있는 식사를 만들 수 있으니까요."

도진의 말에 감탄하던 남윤희가 조심스럽게 말을 꺼냈다.

"사실 이미 알고 계신 분들도 있으시겠지만, 저희 어머니가 얼마 전에 돌아가셨어요. 그래서 이젠 집에서도 이렇게 못 먹겠구나 했는데……."

그녀는 잠시 숨을 고르고 다시금 말을 이었다.

"덕분에 너무 잘 먹었어요. 아직 좀 힘들었는데, 너무 큰 위로가 된 것 같아요. 감사합니다."

눈물을 참은 듯 발갛게 물든 남윤희의 눈가를 본 도진은 잠시 머뭇거렸다.

전혀 예상치 못한 사연이었다.

하지만 도진은 남윤희의 심정을 어렴풋하게나마 알 수 있었다.

'나도 잃어 본 적이 있으니까…….'

지금 부모님 두 분 모두 아직 정정하셨지만.

전생의 도진이 프랑스에 머물던 시절, 어머니가 돌아가셨다는 소식을 전해 듣고는 억장이 무너지는 줄 알았다.

갑작스러운 것은 아니었다.

어머니의 부고를 알리기 위해 연락했던 아버지는, 어머니의 몸이 안 좋아지기 시작한 것은 꽤 오래되었다고 했다.

하지만 타지에 있는 아들을 걱정시킬 수 없다며 어머니는 끝끝내 아프다는 것을 도진에게 알리지 말라고 하셨다는 사실을 전해 들은 도진을 말로 다 표현할 수 없을 만큼 죄스러운 마음이 들었다.

'평소에 연락 한번 제대로 못 드린 못난 아들이 뭐가 예쁘다고…….'

심지어는 일이 너무 바빠 장례를 치르는 데 갈 수조차 없었던 현실이 도진에겐 가슴 한편의 짐이자 한평생의 후회로 남았다.

그렇게 한참을 힘들어하던 도진에게 의외의 위로가 되어

준 것은, 함께 일하던 동료의 한마디였다.

그리고 지금, 도진은 그 말이 남윤희에게도 힘이 되리란 것을 직감했다.

도진이 아무 말 없이 고개를 숙인 채 몰래 눈물을 훔치는 남윤희를 보며 조심스럽게 입을 열었다.

"사실, 무슨 말을 하더라도 남윤희 씨의 마음이 편치 않으리라 생각합니다. 그럴 때는 아무리 주변에서 위로해도, 잘 와닿지 않죠."

남윤희는 도진의 말에 푹 숙이고 있던 고개를 들어 도진을 바라보았다.

도진은 물기를 가득 머금은 그녀의 눈을 마주 보며 말했다.

"다시는 볼 수 없다고 생각하지 말고, 여전히 남윤희 씨 마음속에 있다고 생각하세요."

"네? 그게 무슨……?"

의미를 알 수 없는 말에 남윤희가 반문하자, 도진은 어떻게 해야 그녀에게 조금 더 상처가 되지 않게 말을 할 수 있을지 고민하며 잠시 머뭇거리다가 말을 덧붙였다.

"어머니가 살아 계셨어도, 같이 사는 게 아닌 이상 매일 보지는 않잖아요?"

숨을 한번 고른 도진이 조심스럽게 말을 이었다.

"그런 거라고 생각해요. 어머니는 여전히 남윤희 씨 마음

천재세프
회귀하다

속에 계실 테니, 눈을 감고 떠올리면 언제든 볼 수 있을 겁니다."

가만히 도진의 말을 듣던 남윤희의 큰 눈에서 이내 방울방울 눈물이 떨어지기 시작했다.

그 모습에 놀란 도진이 '제가, 제가 아무래도 말실수를……'라며 허둥지둥하자, MC와 패널들은 도진을 향해 장난기 섞인 말을 던졌다.

"이야, 도진 씨 그렇게 안 봤는데, 여자를 막 울리고!"

"그러니까요. 그런 멘트는 도대체 어디서 배우는 겁니까?"

"이런 건 뭐라고 그러죠? 나쁜 남자?"

"아뇨, 그, 저는 그게 그냥 위로를……."

"아! 마성의 남자? 도진 씨, 어린데 대단해?"

도진은 당황스러운 마음에 평소답지 않게 말을 더듬으며 변명했으나 씨알도 먹히지 않았다.

이도 저도 하지 못한 도진은 남윤희가 뭐라도 말해 줬으면 하며 그녀를 바라봤다.

하지만 도진의 눈앞에 보인 것은, 여전히 훌쩍이느라 아무 말도 하지 못하는 남윤희의 모습과 더불어…….

김정주와 정현동을 더불어 다른 패널들마저 마치 먹잇감을 발견한 사자 같은 모습이었다.

도진은 문득 이 순간, 이 공간에 있는 이들이 모두 당황하는 자신의 모습을 보며 어떻게 더 놀릴까, 하는 고민과 함께 군침을 흘리는 듯한 기분이 들었다.

'이거, 잘못 걸린 거 같은데…….'

도진의 등줄기에서 식은땀이 주르륵 흐르는 순간이었다.

�֎

한참을 훌쩍이며 울던 남윤희는 티슈로 눈가를 닦아 내며 머쓱한 듯 웃었다.

"죄송해요. 제가 너무 갑자기 펑펑 울어서……."

얼마나 운 것인지 눈가가 벌겋게 물든 남윤희는 척 보기에 도 애처로워 보였다.

"정말 오랜만에 이렇게 운 것 같아요. 사실 장례 치르고 지금까지도 너무 바쁘고 정신이 없어서, 이렇게 울 기회가 없었거든요."

머뭇거리던 남윤희는 도진을 바라보며 입을 열었다.

"정말 생각지도 못한 곳에서 생각지도 못한 추억을 떠올리고, 이렇게 위로받을 줄은 몰랐는데……. 고마워요. 셰프님. 덕분에 마음이 조금 후련해진 것 같아요."

도진은 남윤희의 말에 안심한 듯 미소를 지었다.

그는 살아계실 적에 잘할 걸 하며 이미 오랫동안 후회하며 하염없이 시간을 흘려보낸 적이 있었다.

남윤희도 분명 앞으로 남은 긴 그녀의 삶 앞에, 힘들고 고

천재셰프
회귀하다

단한 날이면 분명 어머니가 떠오르는 날이 많을 것이었다.

도진은 그저 그런 날이면, 남윤희가 자신처럼 후회하고 힘들어하는 것이 아닌, 자신의 말을 떠올리고 조금이라도 덜 힘들었으면 하는 바람뿐이었다.

"만약 또 드시고 싶으면 언제든 연락해 주세요."

도진은 맑게 웃으며 남윤희에게 호의가 섞인 말을 건넸다.

하지만, 그 말에 반응한 것은 다름 아닌 정현동이었다.

"어억, 나 심장이…… 심장이!"

다짜고짜 심장을 부여잡으며 앞으로 쓰러지는 그의 모습에 김정주가 놀라 그를 바라보며 다급히 물었다.

"아니, 현동 씨! 무슨 일 입니까!"

"저, 심장이 너무 빨리 뛰어요. 도진 씨한테 반했나 봐."

정현동의 말에 김이 빠진 김정주가 그의 어깨를 찰싹 때리며 말했다.

"예끼! 이 사람아! 깜짝 놀랐잖습니까!"

"도진 씨 어떻게 이렇게 치명적일 수가 있어요?"

하지만 그런 김정주의 반응에도 아랑곳하지 않고 제 할 말만 하는 정현동의 모습에 모두가 웃음을 터트렸다.

이윽고 장내의 분위기가 한차례 진정이 된 뒤.

김정주가 모두를 둘러본 뒤 목을 가다듬고는 말했다.

"그럼, 이제 승자를 한번 가려 볼까요?"

"과연 남윤희 씨의 냉장고를 가지고 누가 더 실력 발휘를

했을지!"

"그 결과는!"

긴장감 넘치는 음악과 함께 조명이 이리저리 움직이며 긴박함을 더했다.

어쩐지 손에 땀을 쥐게 하는 분위기에 도진은 눈을 감고 긴장한 채 손을 쥐었다 펴는 것을 반복했다.

그리고 이내.

"축하합니다!"

김정주의 힘찬 축하와 함께 눈을 뜬 도진의 눈앞에 보인 것은, 정면의 스크린에 반짝거리며 빛나는 제 이름이었다.

"은준 셰프님도 너무 맛있게 잘 만들어 주셨지만, 섬세하게 제 말 하나하나를 기억하고, 오로지 저를 위한 요리를 만들어 주신 도진 셰프님 덕분에 너무 좋은 기억이 될 것 같아요."

남윤희는 그렇게 말하며 앞으로 나와 도진의 가슴팍에 별을 달며 다시 한번 더 말했다.

"셰프님, 정말 감사합니다. 꼭 답례할게요."

도진은 제 가슴팍에 달린 장난감 같은 별 모양의 뱃지를 내려다보았다.

'별 하나.'

고작 예능 프로그램에서 주는 별 하나였지만, 도진은 가슴이 벅차올랐다.

이 순간만큼은 여느 미슐랭의 별이 부럽지 않을 만큼 뿌듯했기 때문이다.

다음 대결에 앞서 조리대를 치울 겸 잠시 쉬는 시간을 가지게 된 셰프들은, 저마저 수저를 들고 음식을 맛보기에 여념이 없었다.

"스테이크 제대로 구웠네. 식었는데도 육즙이 살아 있어."

"퓌레도 맛있어요. 당근의 달콤한 맛이 살아 있는걸요."

"이거 완전 학교 앞 분식집 떡볶이 그 맛이네!"

"오랜만에 먹으니까 맛있네요."

"팬케이크로 이렇게 샌드위치를 해 먹으니까 완전 단짠 조합이 제대로인데요?"

도진은 조리대를 정리하면서도 쉴 틈 없이 손을 놀려 요리를 먹는 그들을 힐끗거리기 바빴다.

자신보다 한참 더 경력이 많은 셰프들이 직접 요리를 먹고 평가한다는 사실에 한껏 긴장하고 있었던 터였다.

'냉장고를 보여 줘!'에 고정으로 출연하는 셰프들은 대부분 도진보다 한참 더 경력이 길었고, 그만큼 나이대가 높았다.

제일 어린 셰프만 하더라도 30대 중반이었으니, 지금 도진의 나이를 생각하면 대부분 삼촌뻘이거나 아버지뻘의 나이였다.

그 덕일까?

"어떻게 그 짧은 시간에 떡을 만들 생각을 다 했어요?"

"전에도 한번 해 본 적이 있어서, 시간 계산만 잘하면 충분히 완성할 수 있을 것이라고 생각했습니다."

"그래도 세 개나 만드는 건 부담스러웠을 텐데, 기특하게 잘 해냈네."

셰프들은 대부분 도진을 어린 자식이나 조카를 대하듯 상냥한 어투로 말했다.

'다행이다.'

도진이 그들의 평을 들으면서 안도의 숨을 내쉬는 사이.

그 옆으로 은근슬쩍 다가온 최석현 셰프가 도진에게 말을 걸었다.

"도진 씨, 오늘 대단하던데요. 걱정한 게 무색할 만큼 잘하셨어요."

"그러게요. 괜히 걱정했나 싶어요."

"그나저나, 저 친구. 상당히 분한가 본데요?"

도진은 최석현의 말에 그의 시선이 향한 곳으로 고개를 돌리자…….

그곳에는 눈가가 벌겋게 물든 채 벅벅 설거지하는 성은준의 모습이 보였다.

최석현은 성은준을 바라보며 조용히 말했다.

"졌다는 사실에 분해하는 걸 보니, 분명 더 성장할 친구일 것 같네요."

"충분히 잘했지만, 셰프는 역시 요리를 먹는 사람을 생각하며 만드는 정성이 제일 중요하죠."

"정성. 맞네요. 특히 이렇게 특정 손님이 정해져 있을 때는 더더욱……."

최석현은 도진의 말을 듣더니 생각에 잠긴 듯 고개를 끄덕이곤 도진을 바라보며 말을 덧붙였다.

"일단 쉬러 갑시다! 촬영은 기니까, 지금 이 소중한 휴식 시간을 잘 활용해야죠."

그렇게 말한 최석현은 다른 셰프들과 함께 세트장 밖으로 유유히 사라졌다.

도진은 여전히 씩씩거리며 뒷정리를 하고 있는 성은준을 잠시 바라보았다.

'그냥, 승부욕이 강한 사람인가……?'

그 생각이 들자 머릿속에 이랑의 첫인상이 떠올랐지만, 이내 도진은 생각을 갈무리했다.

아무리 오래 생각해 본다 한들, 어차피 오늘 보고 나면 더 이상 볼 일이 없을 인연이었고 이미 승부는 끝났다.

뒤를 돌아보고 있던 도진은 몸을 돌려 최석현이 간 길을 따라 세트장 밖으로 향했다.

모든 셰프들이 저마다의 휴식을 취하러 간 사이.

도진은 화장실을 들렀다 다시 촬영 준비를 위해 세트장으로 향했다.

그때, 익숙한 목소리가 들려왔다.

"셰프님!"

자신을 부르는 목소리에 뒤를 돌아본 곳에는 다름 아닌 남윤희가 서 있었다.

그녀는 도진이 입을 열 틈도 주지 않고 먼저 말을 쏟아 냈다.

"아까는 정말 죄송했어요! 갑자기 울어서 너무 당황하셨죠?"

"아뇨, 괜찮습니다. 그럴 수도 있죠."

"정말 생각지도 못한 부분을 신경 써 주신 덕분에 그리운 추억들이 생각나서, 저도 모르게 울컥 눈물이 터졌나 봐요."

머쓱하게 웃으며 그렇게 말한 남윤희는 도진에게 무언가를 내밀었다.

갑작스레 눈앞에 들이밀어진 긴 직사각형의 종이 한 장에 당황스러운 마음을 숨긴 도진이 남윤희에게 물었다.

"이게 뭐죠?"

"별건 아니고, 이번에 저희 개봉하는 영화 시사회 표예요. 사과의 의미니까 받아 주세요. 비록 한 장밖에 안 남았지만……."

남윤희는 거의 떠밀 듯이 도진의 손에 표를 쥐어 준 뒤,

'재미있을 테니 꼭 보러 와야 해요!'라고 말한 뒤 도진을 앞질러 세트장으로 향했다.

도진은 무언가에 휩쓸린 듯 어안이 벙벙해진 채, 덩그러니 손에 쥐어진 표를 바라보며 헛웃음을 흘렸다.

'꼭 폭풍이 휩쓸고 지나간 것 같군.'

"수고하셨습니다!"

"고생 많으셨습니다!"

10시부터 본격적으로 시작한 촬영은 장장 여섯 시간이 지난 후에야 끝이 났다.

긴 촬영 시간이었음에도 속도감 넘치는 진행과 두 MC의 입담.

그리고 다른 셰프들의 기발한 요리를 구경하는 맛에 빠진 도진은 벌써 끝난다는 것이 아쉬운 듯 입맛을 다셨다.

'벌써 네 시라니. 시간이 너무 빠르게 지나갔는걸.'

대기실에서 옷을 갈아입은 도진은 조리복을 반납하기 위해 다시금 세트장을 찾았다.

그리고 주변을 작가를 찾기 위해 주변을 두리번거렸으나…….

애타게 찾는 그이는 보이지 않고 자꾸만 애먼 셰프들이 다가와 도진에게 말을 걸었다.

"도진 군, 혹시 여자 친구 있나? 없으면 연상은 어때?"

"예끼, 이 사람아. 자네 딸은 곧 서른이잖나. 거진 열 살 차인데 어림도 없지."

"됐고, 도진 군 번호를 받을 수 있겠나?"

"크흠, 거 괜찮으면 나도 좀…….'"

노장 셰프들은 목적을 달성한 뒤 핸드폰을 꼭 쥔 채 뒷짐을 지고는 만족한 발걸음으로 사라졌고, 그 자리에 홀로 남은 도진은 혼이 쏙 빠진 듯한 기분이었다.

'어르신들이 기운도 좋으시지…….'

잠시 숨을 돌리는 사이.

도진의 등 뒤에서 그가 애타게 찾던 목소리가 들려왔다.

"도진 씨? 아직도 안 가고 여기서 뭐 해요?"

"이거, 돌려드리려고요."

작가는 도진의 말에 그가 내민 것을 보았다.

반듯하게 갠 조리복과 셰프 타이.

그녀는 씩 웃으며 도진이 내민 것을 다시금 그에게로 쓱 밀었다.

"그건 오늘 땜빵해 준 기념으로 드릴게요. 어차피 이름표 달아 놔서 떼는 게 일이야."

"정말 그래도 되나요?"

"그럼, 당연하죠. 대신 다음에 이런 일 있으면 또 부탁하고 싶은데 괜찮아요?"

"저야 당연히 괜찮죠!"

"도진 씨 더 바빠지기 전에 정식으로 한번 섭외해야겠네. 오늘 정말 고생 많았어요."

작가는 그렇게 말하며 얼른 들어가 보라며 도진의 등을 떠밀었다.

도진은 긴 복도를 따라 밖으로 향하면서도 몇 번이고 세트장 쪽으로 고개를 돌려 힐끔거렸다.

도진은 손에 쥔 조리복을 내려다보았다.

'분명 가벼운 마음으로 나온 거였는데…….'

자신을 향해 해맑게 웃으며 고맙다고 말하던 남윤희의 얼굴과 조리복 왼쪽 이름표 아래 달린 작은 별 하나.

잊지 못할 추억이 하나 생긴 것만 같았다.

그와 더불어 두둑해진 핸드폰의 연락처까지.

집으로 향하는 도진의 발걸음은 가볍기 그지없었다.

⊗

'냉장고를 부탁해!'의 촬영이 끝난 지 2주 뒤.

도진은 남윤희에게 받은 시사회 표를 들고 영화관 앞에 와 있었다.

'영화관에서 영화를 본 게 얼마 만인지…….'

언제나 바빴던 탓에 여유롭게 영화를 보는 것은 꿈도 꾸지 못했었다.

그런데 이런 기회로 혼자 영화를 보러 오게 될 줄이야.

생각지도 못한 일이었다.

도진은 상영관으로 향하면서 벽면에 걸린 포스터를 바라보았다. 그곳에는 바람에 날아갈 것만 같은 남윤희를 뒤에서 끌어안고 있는 강성재가 있었다.

그 아래로 큼지막하게 적혀 있는 제목.

폭풍을 부르는 언덕

분명 2주 전 도진이 직접 마주했던 얼굴들이었는데, 막상 이렇게 보니 배우는 배우인가 싶은 생각이 들었다.

'잘생겼다…….'

두 배우의 얼굴에 감탄하며 상영관에 들어선 도진은 표를 보며 자신의 자리를 확인했다.

그리 크지 않은 상영관의 중간인 G 열의 05번.

도진은 자리에 앉으며 복도 바로 옆의 자리였기에 편하겠다고 생각했다.

영화의 시작을 기다리며 광고를 보고 있는 사이.

비어 있던 자리들이 점차 차기 시작했지만, 도진의 옆자리는 끝끝내 비어 있었다.

마지막 광고가 끝난 뒤, 영화가 시작하려는 찰나.

"잠시만요. 좀 들어갈게요."

가장 마지막으로 상영관에 들어선 이가 도진에게 양해를 구하며 옆자리에 앉았다.

그리고 그가 선글라스와 마스크를 벗는 순간.

도진은 놀란 마음에 저도 모르게 '어?' 하고 소리를 내었고…….

그 소리에 돌아본 옆자리의 남자도 도진을 알아보곤 토끼눈을 하고 입을 열었다.

"어? 당신이 여기 왜……?"

그 순간.

영화의 시작을 알리듯 순식간에 상영관 전체가 어두워졌고, 천천히 스크린에 빛이 비치기 시작했다.

도진은 그의 무어라 더 말하려는 그의 입을 막고 낮고 조용히 얘기했다.

"일단 영화 끝나면 얘기합니다. 성은준 씨."

그때까지만 해도, 도진은 자신이 무슨 상황에 부닥치게 될지 전혀 예상하지 못했다.

영화는 재미있었다.

처음은 어느 날 갑자기 사라져 죽은 줄로만 알았던 아내 역의 남윤희가 폭풍이 휘몰아치는 날 밤 남편의 품으로 돌아오며 시작된다.

남편인 강성재는 자신과 아내를 둘러싼 이 알 수 없는 일들을 파헤치고 아내와 함께하는 삶을 위해 고군분투하는 미스터리 로맨스 영화였다.

'로맨스 영화라길래 별로일 줄 알았는데, 생각보다 재밌네.'

저도 모르는 사이 한껏 집중한 채 영화를 관람한 도진은 영화가 끝났음에도 자리에서 일어나지 않았다.

엔딩 크레딧이 올라감과 동시에 무대로 올라온 익숙한 얼굴들 덕이었다.

무대로 올라온 감독의 옆자리에 서 있는 남윤희와 강성재의 모습이 보였다.

'그래도 같이 한번 촬영 좀 했다고, 다른 데서 보니까 되게 반갑네.'

도진의 그 마음이 남윤희에게도 전달된 것일까.

관객석을 둘러보던 그녀가 도진을 보고는 눈을 찡긋하며 인사를 건넸다.

찰칵- 찰칵-.

여기저기서 플래시가 터지며 카메라 셔터를 누르는 소리가 이어졌다.

배우들은 모두 웃는 낯을 하며 카메라를 향해 손을 흔들었고, 이내 무대 인사가 이어졌다.

가장 먼저 마이크를 건네받은 감독이 관객들을 향해 인사를 건넸다.

"오늘 와 주셔서 너무 감사합니다. 다들 영화는 재밌게 보셨을지 모르겠네요."

"아유 감독님도, 참. 당연히 재밌게 보셨으니까 아직 앉아 계시겠죠!"

"아, 그런가?"

어리벙벙한 감독과 장난기 가득한 남윤희의 말에 사람들이 웃음을 터트렸다.

감독의 인사가 끝난 뒤 배우들의 인사가 이어지고, 관객들과의 질의응답 시간까지 끝나 갈 무렵이었다.

이윽고 무대 인사를 모두 마친 배우들이 먼저 자리에서 일어났다.

관객들은 여전히 자리에 앉아 그들이 문밖으로 나가는 한 걸음도 놓치지 않겠다는 듯 사진을 찍어 대고 있었다.

도진은 그 모습에 작게 감탄했다.

'인기 많다더니, 정말이구나.'

배우들의 사라지는 뒷모습과 함께 점점 더 옅어지는 카메라 셔터음.

이내 관객들도 한둘씩 자리에서 일어나기 시작했고, 도진 또한 사람들의 행렬을 따라 상영관의 밖으로 나왔다.

그 순간 걸려 온 모르는 번호의 전화.

평소 같았으면 받지 않았겠지만, 어쩐지 도진은 전화를 받아야만 할 것 같은 기분이 들었다.

"여보세요?"

-셰프님! 영화는 잘 보셨어요?

"남윤희 씨?"

도진의 한마디에 그의 주변에 있던 사람들이 모두 도진을 돌아봤다.

실수했다는 생각에 그녀에게 '잠시만요.'라고 말한 뒤 급히 자리를 옮긴 도진은 사람이 좀 드문 곳으로 가 다시금 전화를 이었다.

"영화는 잘 봤어요. 로맨스는 취향이 아닌데, 생각보다 괜찮더군요."

-으음, 괜찮다라…… 알겠어요. 다음엔 좀 더 분발해 볼게요. 그나저나 두 분 잘 어울리시던데요?

"네? 그게 무슨……."

남윤희의 말에 의문을 표하던 도진은 문득, 그녀가 모든 걸 계획했음을 깨달았다.

'옆자리에 성은준은 남윤희가 노린 거였군.'

자리에 앉아 영화가 시작하기를 기다리던 중 느지막이 등장한 옆자리 관객이 누군지 알게 되었을 땐 당황스럽던지.

"남윤희 씨가 이렇게 장난을 좋아하시는 줄은 몰랐네요."

-그래도 반가운 얼굴 아니었나요? 성은준 셰프님이 도진 셰프님 좋아하는 것 같던데.

수화기 너머 들리는 그녀의 목소리에는 웃음기가 가득했다.

"그게 무슨 말도 안 되는 소리입니까."

-에이, 저 사람 잘 봐요. 진짠데. 전 다음 스케줄 때문에 먼저 가 봐야 하니까, 두 분은 커피라도 한잔하세요! 다음에 또 연락드릴게요!

남윤희는 자신의 할 말만 전한 뒤 일방적으로 전화를 끊었고, 도진은 멍하니 통화가 종료된 핸드폰을 바라보았다.

'이게 무슨……'

그리고 이내.

지이잉-.

핸드폰의 진동이 문자가 왔음을 알렸다.

도진은 문자를 확인하고는 못 말린다는 듯 웃음을 터트렸다.

그 문자는 다름 아닌…….

그녀가 보낸 기프티콘이었기 때문이다.

기프티콘 이미지 밑으로는 깜찍한 이모티콘이 덕지덕지 붙은 메시지도 함께 있었다.

-커피 맛있게 드세요!

도진은 어쩔 수 없다는 듯 고개를 돌려 자신의 뒤를 바라 보았다.

　그곳에는 상영관을 벗어나면서부터 자신을 어미 새처럼 쫄래쫄래 쫓아온 성은준이 서 있었다.

　도진은 그를 향해 핸드폰을 보여 주며 물었다.

　"커피라도 한잔하러 갈래요?"

━━◆━━

　성은준은 타고나길 부잣집 도련님이었다.

　스물여섯의 나이에 그는 누가 보기에도 준수한 외모와 큰 키를 가지고 있었고, 날카로운 인상을 가지고 있었지만 웃으면 초승달처럼 접히는 그의 눈매는 개구쟁이가 따로 없었다.

　잘난 외모와 여유로운 집안의 지원.

　그것은 성은준에게는 일종의 독이 되었다.

　"나 말 타 보고 싶어."

　"그래? 이번 주말에 제주도 마장에 가 보자. 이참에 은준이 말 한 마리 사는 것도 나쁘지 않지."

　"엄마 나 배."

　"우리 아들 요트 타러 갈까?"

　어린 시절부터 모든 게 원하는 대로 되는 줄 알고 자란 그는 해 보지 않은 경험이 없다고 할 만큼 많은 경험을 했다.

천재셰프
회귀하다

하지만 그 경험들은 모두 짧고 얕았다.

그의 쉽게 질리는 성격과 무한한 호기심이 만들어 낸 결과였다.

그중 유일하게 질리지 않는 것이 바로 '요리'였다.

그때부터 그는 지독하게 요리에 빠지기 시작했다.

부모님은 그런 성은준의 모습에 쌍수를 들고 환영했다.

무엇이든 쉽게 흥미를 잃던 그가 이렇게까지 재미를 느끼고 꾸준히 노력하는 모습을 보이다니.

성은준의 부모님은 아낌없이 그를 지원했다.

그 덕에 파리의 유명 요리학원인 르 꼬르동 블루에서 요리를 배우고, 그곳에서 스타주로 일한 뒤.

교수님의 추천장으로 미슐랭의 별을 받은 파인다이닝에서 경력을 쌓는 데까지.

보통의 유학생이라면 생각하게 되는 생활비나 등록금 등의 문제는 전혀 걱정하지 않으며 유학 생활을 할 수 있었다.

그리고 국내에 돌아온 그는 작은 객기를 부렸다.

'그래, 지금까지 도움 받았으면 충분하지.'

성은준은 부모님의 도움은 받지 않고, 지금껏 자신이 일하면서 모은 돈을 가지고 유학 생활을 함께한 친구와 대출을 끼고 캐주얼한 파인다이닝을 개업했다.

'해외파 최연소 신예 셰프.'

그게 성은준을 가리키는 말이었다.

그러나 가게를 운영하는 것은 생각만큼 쉽지 않은 일이었다.

언제나 생각대로 이룰 수 있었던 자기 삶과는 사뭇 달랐다.

일할 사람을 구하는 것부터, 질 좋은 재료들을 수급하는 것, 손님들을 대하는 것까지.

품이 너무나도 많이 들었지만, 그런데도 성은준은 즐거웠다.

'요리'라는 것 자체가 좋아서 시작하게 된 일이었지만, 직접 가게를 열고 손님을 맞아 보니⋯⋯.

자신의 요리를 맛있게 먹는 손님의 모습을 보는 것보다 기분이 좋은 일은 없을 정도였다.

하지만 가게의 사정은 점점 좋지 않은 쪽으로 흘러갔다.

손님도 매출도 점점 늘어 가고 있었지만, 여전히 직원들의 월급, 대출이자와 관리비, 가게 월세를 제외하면 수익은 시원치 않았다.

그때 함께 가게를 차린 수 셰프가 제안한 것이 바로 방송일이었다.

"한번 나가 보는 게 어때? 이참에 가게 홍보도 좀 하고."

그렇게 처음 방송을 시작하게 되었다.

적당히 눈치가 빠르고 예의를 차릴 줄 아는 잘생긴 그를 마다하는 이들은 없었다.

쿡방, 먹방이 흥행하면서 나날이 성은준을 찾는 방송들은 늘어 갔다.

그가 이런저런 방송에 출연하면 할수록 점점 더 가게에는 활력이 깃들었다.

결국 성은준은 수 셰프에게 전적으로 경영을 맡긴 뒤, 가게를 위해 방송을 전전했다.

'이 정도는 아무것도 아니지.'

방송에 출연하면 할수록 광대가 되어 가는 기분이었지만, 내 공간을 지키기 위해서라면 이 정도는 할 수 있다고 생각했다.

그러나 조금씩 가게가 되살아난다고 느꼈을 때.

성은준과 그의 가게에 깃들었던 관심이 순식간에 다른 곳으로 옮겨졌다.

'김도진 셰프의 아틀리에.'

'떠오르는 초신성, 최연소 신예 셰프의 등장.'

성은준은 살면서 이렇게까지 자신의 마음대로 되지 않는 일은 처음이라고 느꼈다.

분함이 앞섰지만, 그만큼 훌륭한 셰프라면 어쩔 수 없다고 생각하며 김도진에 대해 찾아보았다.

'이게 뭐야? 열아홉? 이게 다라고?'

완전히 예상과는 정반대였다.

처음 들은 이름이었기에, 해외에서 경력을 쌓은 뒤 국내로 들어온 것인가 했지만…….

그의 핸드폰 화면 너머에 보이는 것은 아무런 경력이 없는 요리 서바이벌 프로그램 출신의 햇병아리뿐이었다.

충격도 이런 충격이 없었다.

분명 무언가 잘못된 것이라고, 조작된 게 확실하다고 생각했다.

하지만 더 충격적이었던 것은, 도진을 가리키는 그 모든 것들이 사실이라는 것이었다.

함께 '냉장고를 보여 줘!'를 촬영한 뒤.

성은준은 알 수 있었다. 도진의 실력은 진짜고, 그의 유명세 또한 그 실력에서 기인한 것이라는 것을.

"저는 그저 남윤희 씨가 말한 그대로 만들었을 뿐입니다."

심지어는 멋있었다.

성은준은 남윤희가 도진의 이름표 아래에 별을 달아 줄 때.

처음으로 패배감을 느꼈다.

그리고 그와 동시에 짙은 열망을 느꼈다.

'도대체 어떻게 저 나이에 저런 실력일 수 있게 된 걸까.'

도진에 대한 것이 궁금했다.

방송 이후 수많은 검색을 통해 도진에 대한 정보들을 모을 수 있었지만, 정작 도움이 되는 것은 없었다.

모두 아리송한 대답뿐이었다.

다시 한번 도진을 만나고 싶었다.

하지만…….

'첫인상이 그렇게 별로였는데, 다시 만날 일은 없겠지?'

촬영 이후 그와 도진의 접점은 전혀 없었기에 생각도 할 수 없는 일이었다.

만난다고 하더라도 문제였다.

하고 싶은 것은 말 한마디로 이룰 수 있을 정도의 부를 가진 집안의 잘생긴 늦둥이 막내아들 성은준.

부모님은 물론이고 누나와 형들도 나이 차이가 족히 열 살은 나는 그를 애지중지하며 업어 키우다시피 했다.

그런 그의 인간관계를 한 줄로 요약하자면…….

성은준의 주변에는 언제나 떨어진 콩고물이라도 주워 먹고 싶어 하는 이들로 들끓었다.

항상 먼저 친해지고 싶다고 호의를 내비치며 다가온 그들 덕분에 얕고 넓은 인간관계를 가지게 된 성은준은 누군가에게 먼저 다가가는 방법을 몰랐다.

그렇기에 지금, 이 순간.

자신의 눈앞에 앉아 있는 도진에게 무슨 말을 해야 할지 도무지 알 수가 없었다.

'이렇게 만나게 될 줄은 몰랐는데…….'

도진은 따뜻한 아메리카노의 향을 음미하며 커피를 한 모금 입안에 머금었다.

그리고 잔을 내려놓으며 눈앞에 앉아 있는 대형 똥강아지를 바라보았다.

도대체 뭘 하자는 건지.

참다못한 도진이 결국 먼저 입을 열었다.

"뭐 하고 싶은 말이라도 있어요?"

그 물음에 눈을 땡그랗게 뜬 성은준은 한 가지 질문을 던졌다.

"김도진 씨는 제가 맘에 안 드시죠? 첫인상이 아무래도 좀…….."

"별로 신경 안 씁니다. 크게 감정 없는데요."

도진의 대답을 들은 그의 순간 멈칫하더니, 헛기침하며 표정을 가다듬었다.

성은준은 몇 번이고 입을 열다, 말기를 반복했다.

"저, 혹시…….."

"네?"

"아, 아닙니다."

결국 쉽게 입을 열지 않는 그의 모습에 도진은 시간을 확인한 뒤, 자리를 털고 일어났다.

"그만 갈까요? 시간이 늦은 것 같은데."

짐을 챙기는 도진의 모습을 멍하게 지켜보던 성은준은 당황한 듯 도진의 옷자락을 붙들고 외쳤다.

"같이합시다!"

"예?"

단말마 같은 그의 말의 의미를 알 수 없었던 도진이 반문을 하자 이내 성은준의 얼굴이 부끄러운 듯 붉게 달아올랐다.

"아, 아니 그게 마음이 앞서서 말이 잘못……."

당황한 듯 횡설수설하는 성은준의 모습에 도진이 그를 진정시키며 말했다.

"천천히 한번 말씀해 보세요."

그러자 성은준이 잠시 호흡을 가다듬고는 뜨문뜨문, 천천히 말하기 시작했다.

"나랑 같이…… 우리 가게에서 일했으면, 좋겠습니다."

"예……?"

그의 말에 다시금 반문한 도진의 얼굴에는 한껏 당황스러움이 깃들었다.

다음 권으로 이어집니다

꿈의 도약, 로크에서 하십시오
(주)로크미디어에서 신인 작가를 모십니다

즐거운 세상, 로크미디어는 꿈을 사랑하고 도전을 두려워하지 않는 작가 분들의 참신한 작품을 기다리고 있습니다. 21세기 장르 문학계를 이끌어 갈 차세대 선두 주자 (주)로크미디어에서 여러분의 나래를 활짝 펴 보시길 바랍니다.

모집 분야 판타지와 무협을 포함한 장르 문학
모집 대상 아마추어 작가, 인터넷 작가
모집 기한 수시 모집
작품 접수 시 유의 사항
  1. 파일명은 작가명_작품명.hwp형식을 갖춰 주십시오.
  1. 파일에 들어갈 내용은 다음과 같습니다.
     - 성명(필명인 경우 실명을 밝혀 주세요), 연락처, 이메일 주소
     - 제목, 기획 의도
     - A4용지 1장 분량의 등장인물 소개
     - A4용지 2장 분량의 전체 줄거리
     - 본문
  1. 작품이 인터넷에 연재되고 있다면, 게시판명과 사이트의 구체적이고 정확한 주소를 기재해 주십시오.

선택된 작품은 정식 계약 후 출판물로 간행되어 전국 서점에 유통됩니다.
작가 분은 (주)로크미디어의 전폭적인 지원하에 전속 작가로 활동하시게 됩니다.
※ 자세한 내용은 로크미디어 홈페이지(rokmedia.com)를 참조하세요.

(04167)서울시 마포구 마포대로 45 일진빌딩 6층
(주)로크미디어 편집부 신간 기획 담당자 앞
전화 : 02) 3273-5135
www.rokmedia.com   이메일 : rokmedia@empas.com